Thorun: Deutsche Sozialpädagogen
Sie schrieben auch Gedichte.
Eine Anthologie

Deutsche Sozialpädagogen

Sie schrieben auch

Gedichte

Eine Anthologie

Gesammelt
und herausgegeben
von
Walter Thorun

Impressum:

Kurztitel: Thorun, Walter (Hrsg.):
Gedichte deutscher Sozialpädagogen
Hamburg 2001

Herstellung:
Books on Demand GmbH, 22848 Norderstedt
Einrichtung des Typoscripts: Dieter Buchhierl
Alle Rechte vorbehalten.

ISBN 3-8311-2784-0

Anschrift des Herausgebers:
Walter Thorun
Köpenickerstr. 32 a, 22045 Hamburg
Tel.: 040 / 66 18 97

INHALTSVERZEICHNIS

Vorwort 8

Luise Besser
Zur Biographie 133
Erinnerungen 11
Die alter Krippe 12
Die kleinen Dinge 14
Meine Bücher 15
Was die Krippe sagt 16
Das alte Kleid 17

Gustav Buchhierl
Zur Biographie 134
In a Fahrtenbüachal 18
Die Nacht 19
Kabelziehen 20
Botschaft 22
Abwarten 23
Das Haus am See 24
Am späten Abend 25
Im Morgenglanz 26
Unser Tagelied 27
Rasten am Stadtrand 28
Wetterwechsel 28
Das Meer 29
Aus alter Zeit 30
Erdstoß 30
Lebenslandschaft 31

Justus Ehrhardt
Zur Biographie 136
Bedenke, Mensch 32
Früher Herbst 32
Seitenblick 33

Herbert Enderwitz
Zur Biographie 137
Reifen 34
Alter 34

Wer hält den
Absturz auf? 36
Angst 37

Ricarda Huch
Zur Biographie 138
Für Gertrud Bäumer:
Begegnungen 38

Gisela Konopka
Zur Biographie 139
Die 18jährigen (Anonym) 40
Der Jude (Anonym) 41, 42
Lied im
Konzentrationslager 43
Für Paul 44
In der Nacht 45
Leise steht die Nacht 45
Abend 46
An Paul 47
Der Traum 47

Gerd Krollpfeiffer
Zur Biographie 141
Nachdenklicher
Spaziergang 49
Wunsch eines Vaters 50
Bei der Schularbeit 51
Abend und Morgen 52

Marie-Anne Kuntze
Zur Biographie 142
Frühlings Anfang 53
Gedanken 54
Vor den Toren 54
Im blauen Schiff 55

INHALTSVERZEICHNIS

Seestimmung 56
Abend auf Föhr 56
Herbst 57
Mohnfeld 58
In memoriam 59
Aufbruch 60
Nacht 61
Das Brückenbild 62

Conradine Lück
Zur Biographie 143
Allverbundenheit 63
Abendgang in
Sievershürren 64
Ich weiß es wohl 65
Zum neuen Jahr 65
Für B.M. zum
70. Geburtstag 66
Einsamkeit 67
Soziale Arbeit 67
Kinderseele 68
Ernte 69
Vor einem
mittelalterlichen Bild 70
Einer Trauernden 70
Schneeglöckchen 71
Chilenisches Wiegenlied 71
Nah ist die Nacht 72

Andreas Mehringer
Zur Biographie ....144.
auf der rolltreppe
am marienplatz 73
meine bank 74
geburtstag 75
als kind wollte ich
alles wissen 76
der kleine spatz 77

kastanienknospe 78
freude 79
ein kind 80
pfingstwiese 80

Carl Mennicke
Zur Biographie 145
Wie Lämmer I-VII 82
Ich fühl mich so reich 85
Wie unvergänglich sie sind .. 86
Während draußen
Schicksal brauet 87
Gedenkblatt für Wolfgang ... 88
Deutschland fiel zu Schutt ... 92

Norbert Mieck
Zur Biographie 146

Großstadtrevier 93
Der Bettler 94
Seniorenwohnsitz 95
Männer kämpfen 96
Der Alte aus Schweden 98
Vielleicht - wer weiß 99
Ende des Sommers 100
Gebirgsfriedhof 100
Hamburg-City 101
Julitag 102
Poröse Zeit 102
Abends auf der Terrasse 103
Nach Tschernobyl 104
Suchender Dichter 105
Irren ist Wahrheit 106
Transformation 107
Aufgehoben 108
Rotwein und Schlick 109
Bodenloses Land 110

INHALTSVERZEICHNIS

DANKSAGUNG

Elfriede Strnad
Zur Biographie 147
Wandel 111

Walter Thorun
Zur Biographie 148
Herbst auf der Halde 112
Scheidender Tag 112
Immer 113
Abendfrieden am Rhein 114
Vermoosender Baum 114
Schöne Einsamkeit 115
Leben 115
Nordstrand 116
Die Kinder und die andern .. 116
Einweihung
einer Bildungsstätte 118

Emmy Wolff
Zur Biographie 149
Für Anna v. Gierke 120
Hymnen a. d. Einsamkeit 122
Vor griech. Bildwerk 124
Nach einem Jugendfest 125
Nacht in einer
fremden Stadt 126
Sonett 127
Vorfrühling 127
Kartoffelfeuer 128
Für R. Huch: Terzinen 130
Tänzerin 130

Elisabeth Zorell
Zur Biographie 150
Abschied und Wandlung 131

Biographischer Anhang 133

Der Herausgeber dankt
den folgenden Verlagen für die
freundliche Genehmigung des
Abdrucks von Gedichten aus
den genannten Werken:

**Deutscher Studienverlag,
Weinheim**

Aus: Gisela Konopka,
Mit Mut und Liebe (1996)
Seiten 106, 145, 162-164, 177,
212, 237, 256.

Aus: Carl Mennicke,
*Zeitgeschehen im Spiegel
persönlichen Schicksals* (1995)
Seiten 177-179, 212-213, 220-
221, 255-257, 282, 295-296

Bardel-Verlag, Selm
Aus: Norbert Mieck,
Gegenlicht (1996)
Seiten 7, 44, 51, 56, 58, 64

- - -

Begegnungen mit guten Freunden und Gefährten fördern
bei gemeinsamer Rückschau auf Vergangenes oft Überraschen-
des zu Tage. So ging es mir mit diesen Gedichten. Zuerst zeigte
mir eine Kollegin Verse von Conradine Lück. Dann fand ich in
alten Akten und Zeitschriften des Pestalozzi-Fröbel-Verbandes
in dessen Berliner Archiv weitere Lyrik von ihr und von anderen
Frauen, zum Beispiel von Marie-Anne Kuntze.

Gedichte entdeckte ich auch in den mir von Luise Besser
vermachten Hinterlassenschaften. Später erreichten mich freundliche Zuschriften von Ursula Bast (Haan) und Dieter Buchhierl
(Berlin) mit Gedichten ihrer Väter Justus Ehrhardt und Gustav
Buchhierl. Als Andreas Mehringer (München) mir seine auf
losen Blättern mit Bleistift geschriebenen Gedichte schenkte,
konnte ich bereits von einer wachsenden Sammlung sprechen
und suchte weiter nach solchen Lebenszeugnissen.

Mit freudigem Erstaunen wurde mir bewusst, dass bekannte
Persönlichkeiten, Frauen und Männer im Felde sozialpädagogischer Ausbildung und Berufsarbeit außer mit fachlichen Beiträ-
gen auch Gedichte schreibend und publizierend in Erscheinung
getreten sind, lyrisch geehrt wurden wie Gertrud Bäumer durch
Ricarda Huch oder für sich allein im Selbstgespräch Erlebnisse
und Erfahrungen poetisch gestaltet haben. Manche unter ihnen
sind mir aus gelegentlichen oder dauerhaften Begegnungen vertraut, zum Beispiel Luise Besser, Gustav Buchhierl, Herbert
Enderwitz, Gisela Konopka, Andreas Mehringer, Carl Mennicke,
Norbert Mieck.

Lange ließ ich die entdeckten Schätze ruhen, bis zu dem
Entschluß, daraus ein Buch zu machen; erlag auch der Versu-
chung, etwas aus eigener Feder einzufügen. So kommen hier 16
Autorinnen und Autoren mit 127 Gedichten zu Wort. Fast allen
ist gemeinsam, daß sie das sozialpädagogische Geschehen hier-

zulande lebenslang an führender Stelle herausragend und prägend mitgetragen und beeinflußt haben.

Es geht in diesem bescheidenen Buch nicht darum, Literaturfreunden nach traditionellem Muster einen „Vorrat deutscher Poesie" nach dafür üblichen Kriterien zu bieten. Vielmehr hoffe ich, daß jeder Leser anhand dieser Gedichte etwas von der persönlichen Identität der fachlich stark geprägten Autorinnen und Autoren erkennen möge - intime Musikalität und Verdichtung ebenso wie Lebenserfahrung, Ausdruck von Träumen und Versunkenheit. Gedichte und sie Schreibende haben ihre eigene Magie. In diesen Zusammenhang gehören auch die eingestreuten Zitate auf den Seiten 10 und 132. Die Gedichte wurden durch einen biographischen Anhang mit Literaturangaben ab Seite 133 ergänzt.

Ich widme diese Sammlung allen Kolleginnen und Kollegen, Freundinnen und Freunden, denen ich mich nach vielen Jahren gemeinsamen Wirkens in Jugendhilfe und Sozialarbeit verbunden weiß. Besonders gedenke ich der Kollegin Luise Besser, die mir nach ihrem Tod 1982 durch ihre Freundin Dr. med. Erika Schädrich reichhaltige Materialien für viele Materialien zur Aufbewahrung oder weiteren Verwendung überlassen hat.

Schließlich habe ich allen zu danken, die die Sammlung durch Hinweise bereichern halfen, Dank auch den Kollegen Herbert Enderwitz, Andreas Mehringer und Norbert Mieck, die mir so spontan und bereitwillig ihre Gedichte zur Verfügung stellten. Gisela Konopka, die in den USA lebt und deren Gedichte vom Deutschen Studienverlag freigegeben wurden, wird sich in der hier versammelten „sozialpädagogischen Berufsfamilie" sicher gut aufgehoben fühlen.

Hamburg, Herbst 2001   Walter Thorun

Alles Lyrische muß im ganzen sehr vernünftig,
im einzelnen ein bißchen unvernünftig sein.
Goethe, Maximen und Reflexionen 2

Zu lyrischen Arbeiten gehört ein gewisser
poetischer Müßiggang.
Fr. v. Schiller, Brief an W.A. v. Schlegel

Erinnerungen

Nachts, wenn alle Stimmen schweigen,
Wandr' ich, ach, wie so oft nach Haus.
Alles sieht wie einstens aus.
Anders wohl - doch ganz mein eigen.

Leise husch ich durch die Räume,
Rühre zart an jedes Stück
Und ein seltsam wehes Glück
Überfällt mich, wenn ich säume.

Urgroßvaters Birnbaumschrank
Mahnt an sel'ge Kinderzeiten.
Leise an dem Holze gleiten
Meine Hände scheu entlang.

Ohrenstuhl am Fenster steht,
Mutter seh' ich lächelnd grüßen,
Stürzen möchte ich ihr zu Füßen
Eh' das teure Bild verweht.

Runder Tisch, so schön geschmückt.
Willst du lieber Gäste warten?
Blumen aus der Freunde Garten
Halt ich an mein Herz gedrückt.

Klingt noch heute das Klavier?
Zögernd schlag ich an die Tasten.
Ach, wie gerne möchte ich rasten:
Weihnachtslieder sangen wir.

LUISE BESSER

Um des Ofens warmem Kreis
Fand ich manche nächt'ge Stunde;
Fragen gingen in die Runde,
Unsre Herzen glühten heiß.

Heimathimmel, Schlesiens Land
Schaut aus Caspar Davids Bildern,
Keiner kann wie er es schildern,
Und der Blick ist wie gebannt.

Liebe, häuslich kleine Zeit,
Bist in jene eingegangen,
Die ein sehnendes Verlangen
Immerdar im Herzen hält.

Die alte Krippe

Wohl fünfzehn Jahre gingen schon ins Land
Daß unterm Baum bei uns die Krippe stand.
Aus Kistenholz war schlicht sie hergestellt,
Ein strohgedeckter Stall aus unserer deutschen Welt.

In jedem Jahr aus Kellers Dunkelheit
Kam sie herauf zur schönen Weihnachtszeit.
Sorgfältig eingewickelt jedes Stück,
War schon, sie aufzubau'n, ein großes Glück.

Das war Maria, ohne Heiligenschein,
Ein blauer Mantel hüllte ganz sie ein,
Die schmale Hand, das ernste Angesicht
Aus Holz geschnitzt, - wie schön im Kerzenlicht.

Joseph, schon alt, im braunen Mönchsgewand,
Stützt auf den hohen Hirtenstock die Hand.
In Stalles Dunkel war er aufgestellt,
Zuschauer mehr der Weihnachtswunderwelt.

Das Kindlein selbst, wie staunten wir es an,
Es zog im Schlaf die kleinen Ärmchen an,
Die Bäckchen waren rosig angehaucht,
Als ob es grad in tiefsten Traum getaucht.

Wir holten grünes Moos ins Haus herein.
In Waldes Mitte sollte Weihnacht sein,
Und gelbes Stroh ward alle Jahre neu -
Christkind lag weich in seinem Bett von Heu.

Die Tierlein fehlten noch im ersten Jahr,
Wie das der lieben Mutter schmerzlich war.
Sie gab, die Trauer zeigend, keine Ruh',
Bis Ochs und Esel kamen noch hinzu.

Und auch die Schäfchen stellen sich noch ein,
Im Erzgebirge waren sie daheim.
Sie lockten Engel, einen nach dem andern
Mit uns hindurch die Weihnachtszeit zu wandern.

Ich höre noch den alten Weihnachtssang,
Der oft in unserer Stube hell erklang:
„Von weitem hab' ein wenig ich geguckt,
Da hat das Herz vor Freuden mir gehupft."

Du alte Krippe, schau, ich steh' von fern,
Seh über dir den goldnen Weihnachtsstern.
Gib Freude neu mir in das wunde Herz,
Es klopft und klopft - weis' du es himmelwärts.

Die kleinen Dinge

Ein Eselchen, das ein Lichtlein hält,
Ein kleines Meislein, das guckt in die Welt,
Eine alte Tasse mit goldenem Rand,
Die einst auf dem runden Tische stand.
Ein Büchlein drin, die mit uns jung,
Sangen ein Verslein Erinnerung.
Ein Englein, das zart die Geige streicht,
Eins, das die Kerze dem Christkind reicht.
Wo ist das alles alles geblieben?
In das Buch meines Herzens ist jedes geschrieben,
Jedes Stücklein, ob klein und gering,
Jedes beseelt und ein eigen Ding.
Ist Unrecht, daß, wenn es mir erscheint,
Der Brunnen Leid seine Tränen weint?
Und rührt mich ihr kleiner Finger an,
Daß die Schleusen der Tiefe aufgetan?
Eine Welt verging mit Fleiß und Glück,
Und ein unscheinbar Ding ruft sie jäh zurück:
Stille Stunden und Jubeltage,
Arbeitswochen mit köstlicher Plage,
Menschen, die uns so nah gewesen,
Menschen, die Liebe hat ausgelesen -
Ein kleines Ding weckt der Heimat Licht,
Ich nahm's an mein Herz und lasse es nicht.

Meine Bücher

Du zu Du hab ich mit jedem Buch gestanden,
Liebe Bücher, treueste Gefährten,
Immer, wenn sich Feiertage jährten,
Wenn die Jahre uns ein Glück gewährten,
Neue Freunde sich zu alten fanden.

Manchmal noch zu mitternächt'ger Stunde
Griff ich in die vollen Buchregale,
Und - wie eine reichgefüllte Schale
Botet eure Früchte mir zum Mahle:
Aus vergangner Zeit kam selt'ne Kunde.

Teure Namen waren eingeschrieben,
Und der Geber gütige Gestalten
Sah ich auf den weißen Blättern walten,
So wie Wächter treu die Wache halten,
Daß beim Lesen nur das Beste bliebe.

Stille war es dann im nächt'gen Zimmer,
Wenn ich euren ernsten Worten lauschte,
Stille, die mit keinem Morgen tauschte,
Deckt nun Haus und Raum. Im Ohr verrauschte
Jeder Klang aus eurer Welt für immer.

Was die Krippe sagt

Eine Kerze brennt
Still im dunkeln Raum,
Leises Glitzern huscht
Durch den Tannenbaum,
Der die Spitze kühn
Auf zur Decke reckt,
Mit dem grünen Zweig
Warm die Krippe deckt.

Ganz im Moos gebaut,
Strohgedeckt das Dach,
Steht sie so vertraut
In dem Wohngemach:
Kind, in weiches Heu
Wohlig eingehüllt,
Seiner Mutter Blick
Lieb- und leiderfüllt.

Um Maria stehn
Ochs und Eselein,
Und der Engelschar
Bläst so froh darein.
Auf den Stab gestützt,
Joseph schaut in Ruh
Aus dem dunklen Raum
All dem Wunder zu.

Wenn des Weihnachtstags
Lauter Jubel schwieg,
Und den Lichtern schon
Zarter Duft entstieg,
Saßen wir zu Drein
Vor der Krippe still,
Jeder sann und sann,
Was sie sagen will.

Heut, wo nur wir zwei
Noch am Leben sind,
Und die eine fehlt,
Die am meisten Kind,
Die am reinsten wohl
Stillem Wort gelauscht.
Mit dem Christkind gar
Zwiesprach' hat getauscht.

Wo Erinn'rung nur
Baum und Krippe weckt,
Jedes Menschen Spur
Dorthin zugedeckt,
Kommt geheimes Weh'n
Von der Krippe her,
Senkt ein neu Verstehn
In mich, wie ins Meer.

Gottes Glanz erstrahlt
Nur in Ärmlichkeit.
Wenn die Zeit verrauscht,
Ahnst du Ewigkeit.
Erst die Fremde lehrt
dich der Heimat Glück,
Sehnsucht brennt so tief,
Geht kein Weg zurück.

Das alte Kleid

Gestern, fremd fast, wie in weiter Ferne,
Sah ich mich im alten Festtagskleide.
Ach, die Mutter trug es einst so gerne,
Ihre Augen leuchteten wie Sterne,
Strich so liebend über seine Seide.

Hoch in Ehren hab' ich es gehalten,
Fühlte drin der Mutter liebes Lächeln,
Hüllte wohlig mich in seine Falten,
Und wie eines höhern Wesens Walten
Spürt ich ihre Güte mich umfächeln.

Gestern, in dem Glanz vergangner Stunden,
Der mich mit dem alten Kleid umflossen,
Brachen auf die kaum vernarbten Wunden
Und ein Schluchzen hat den Weg gefunden,
Das in Herzens Tiefen war verschlossen.

In a Fahrtnbüachal

Trostberg an der Alz, 1920

Da Woid steht stui,
Da Wind weht stad
Um unsa Hüttn drobn am Berg.
Da Schnee liegt vui,
Er hot vowaht
De Wegal olle üwazwerg.

Da Himmel grau,
De Baam ganz weiß,
So traamt im Winta unsa Land.
Do stehn ma, schau,
Und suachan z'Fleiß,
Wos d'Menschen zammahoit:
Des Band.

Do fangt da Wind
As singa o
Und singt im Woid sei heftigs Liad.
Do lacht a Kind,
Jetzt red't a Mo,
De Muatta ist gar nimma müad.

I schau und hör
De Freund oi redn,
Ganz nah um mi do stehns ganz jetzt.
Na kemman hear
Und von am Jedn
Bleibt ja as Guate miar auf d'Letzt.

Lang schau i naus,
Sinnier fuer mi
Und traam im Schneetreibn wos
Vom Fruahjohrsgsaus
Und hollahi
Und treue Menschen, kloan und groß.

Wos soi i sogn
Von miar und Diar?
Miar san zwoa wunz'ge Zweargal gar.
Miar kanntn trogn
Des Leben nia,
Wenn d'oite, treue Liab net waar.

Die Nacht
Bei Freising 1920

Aus dem Walde tritt die Nacht.
An den Bäumen schleicht sie leise,
schaut sich um im weiten Kreise -
und gibt Acht!

Alle Lichter dieser Welt,
alle Räume, alle Farben
Löscht sie aus und trägt die Garben
weg vom Feld.

Alles nimmt sie, was nur hold,
Wischt das Silber weg des Stromes,
streift vom Kupferdach des Domes
stumm das Gold.

Plündert diese Nacht auch mich?
Rücke näher: Seel an Seele.
Die Nacht! Mir bangt, sie stehle
mir auch Dich.

Kabelziehen
Nach Berlin gekommen, 1923

Sand und Lehm und Pflastersteine,
aufgerissne Straßen,
abmontiertes Gasgestänge,
Schotter, Balken, Absperrleine,
Wirrwarr Mann an Mann, Gedränge,
Gegenstemmen, Runterfassen -
Kabel wird gezogen.
Ho up! Wahrschau! Los!

Zwanzig tief im nassen Graben,
Schultern an die Wand gedrückt,
vorgebückt.
Ho up!
Krummgebeugt zur Mutter Erde
fest geballt die Prankenhände,
eingestemmt in Mergelboden -
Ho up!
Schweiß rinnt in verblichne Loden
und sie dampfen wie die Pferde,
wenn sie angerissen haben.
Ho up! Ho up!

GUSTAV BUCHHIERL

Zug um Zug das Kabel zwingen -
Rumpf an Rumpf gequält entschlossen,
bis sie schwer im Grabengange
bogig liegt, geteerte Schlange.
Soll uns morgen stromdurchschossen
billig Riesenkräfte bringen.

Oben stehen Kinder, Frauen,
schauen, wie die zwanzig Kabelleute
aus der Grube steigen,
müde, schweigend, abgeschunden
und die aufgesprungnen Schrunden
an den Händen fühlen.
Flüche und Kommandos schweigen.
Endlich wieder Schicht für heute!

Straßenkreuzung, wo sie wühlen,
wüst verworren auf den Plänen,
übersät mit Eisentrossen,
Kabeltrommeln, Leitersprossen,
Schweißgeräten, Hebekränen,
jetzt verlassen. Freitag Löhnung,
Kleingeld in der Tasche fühlen,
schales Bier zur Abgewöhnung.

Morgen solln wir wieder schreien,
wütend in die Hände speien,
vor dem Götzen niederknieen,
Kabel durch die Erde ziehen -
Ho up! Ho up!

Botschaft

Den Himmel überströmt die Sternenflut;
Licht rast herbei durch uferlose Zeit.
Noch immer glänzt in alter Herrlichkeit
so mancher Sonne längst erloschne Glut.

Mir stärkt dies Bleiben nach dem Tod den Mut.
Fang an zu leuchten. Wirf die Strahlen weit!
Sind für dein Licht nicht viele rings bereit?
Bleibt dir nicht mancher in der Zukunft gut?

Und bist du auch kein Stern, ein Funke nur,
ganz nichtig vor dem Glanz des Firmaments -
ein Funke kann den Wald, das Herz entzünden.

So zeichne durch die Zeiten deine Spur!
Mit hellen Worten aus des Lebens Lenz
laß Menschen sich begegnen und verbünden.

Abwarten

In Gedanken an Edith Rosenthal, 1923

Die Uhr ist stumm, kein Pendeln mehr.
Mein Zimmer dehnt sich kalt und leer.
Kein Stundenschlag, kein Stimmenklang,
die Liebste fort, die draußen sang.

Doch übermorgen, lebensfrisch,
erscheint sie wieder hier bei Tisch.
Wird uns das Leben leichter machen
und hoffen, spotten, kochen, lachen.

So sitze ich und harre still,
was künftig für uns kommen will.
Dann sind wir reich, sind nicht getrennt
wie Sterne fern am Firmament.

In aller Stille schreib ich nun,
laß auch das Uhrenpendel ruhn.
Die Zeit vergeht ganz von allein.
Bald werden wir beisammen sein.

GUSTAV BUCHHIERL

I Das Haus am See

Aus Bilderrahmen treten die Gestalten
gestrenger Ahnen schweigend in den Raum,
als wollten sie nach einem Lebenstraum,
der ihnen fremd blieb, mürrisch Ausschau halten.

Sie wandeln grau und lauschend durch die alten
uns holden Zimmer und berühren kaum
den Boden noch den nahen Teppichsaum
und spähen durch die falben Vorhangfalten.

Doch sehen sie uns auf dem Lager nicht,
sind taub für jenes wechselnde Geflüster
der Frühlingsnacht und spüren keinen Schlag
des Menschenherzens, blind für Glück und Licht.

Laß sie da hinten stehn in ihrem Düster,
Sei dir getreu und mir. Es kommt der Tag.

Mit Edith bei der Kindergärtnerin
Dora Greten (1901-1958), Wandlitzsee bei Berlin,
März 1924

II Am späten Abend

Verdorrtes Schilf beugt sich dem kalten Winde
und fegt das Eis um tausend Rohre glatt.
Jenseits am Ufer sinkt die Sonne, matt
den Dunst durchleuchtend, zögernd, fahl, geschwinde.

Wohin verflog das Grün der Sommerlinde,
die Bienenvölkern Brot gegeben hat?
Wohin ihr Duft, die Blüten Blatt um Blatt,
Herbstgold der Krone, glückhaft und gelinde?

Wir feuern den Kamin mit starkem Ast
des Lindenbaums vor den Eisblumenscheiben
und wärmen uns an glosendroter Glut.

Was ist des Lebens Tagelöhnerlast?
Im Wechsel zwischen Traurigkeit und Mut
trotz Winters Nacht dem Licht gewogen bleiben.

III Im Morgenglanz

Da draußen dämmert nun der Tag der Welt
mit Streifen Goldes auf zu neuem Sein.
Gardine dämpft den wasserfrischen Schein,
der meine, deine Dunkelheit erhellt.

Was bang am Traum war, schwindet und zerfällt,
wird angesichts des Sonnenaufgangs klein.
Erwachend sehen wir die Wahrheit ein:
Wie fest das eine Herz das andre hält.

Ach, daß ihr immer ungetrennt verweilet,
beglänzter Morgen, mondlos schwarze Nacht,
verlornes Ich, darin gefundnes Du,
ererbte Armut, hergeschenkte Pracht!

Bewegte Stunden, die ihr rasch enteilet -
fürs Leben wiegt ihr uns zur Ruh.

IV Unser Tagelied

So wendet sich das märkische Gelände
den Kiefern zu mit tiefer Wagenspur.
Hangabwärts wiederkäut die Kreatur
wie ein Geschiebe treuer Gegenstände.

Und überm See erhellen sich die Wände
der Backsteinkirche, treten Turm und Uhr
uns näher in der tagenden Natur.
Den Fensterriegel drehen deine Hände.

Wie duften kühl die letzten Nebelschleier,
wie schleift das Schilf am Ufer Blatt um Blatt,
wie gleißend grüßt die halbe Sonnenscheibe!

Sind wir gebunden, sind wir freier
nach allem, was sich nachts begeben hat?
Gewähre uns die Welt bescheidne Bleibe.

Rasten am Stadtrand
Aus dem Frühjahr 1934

Der Märzwind stöbert wie ein Hund
durch dürres Gras und Winterlaub,
doch macht er keinen andern Fund
als Mäusespur und Wegestaub.

Wie müde ich vom Wandern bin
durch die verkehrte Häuserwelt.
Ich strecke steife Glieder hin,
wo mich der Märzwind nicht verbellt.

Geschützte Mulde, sonnenwarm,
ein Eichhorn, das den Stamm erklimmt,
hoch im Geäst der Starenschwarm -
wie alles nun zusammenstimmt.

Wetterwechsel

Nun steigt die Frühlingssonne wieder auf
und löst den Frost in der erstarrten Erde.
Straßauf, straßab treibt sie die Kinderherde -
die tollt und ruft voll Lust zu mir herauf.

Getrübter Tage winterlicher Lauf
wird lichter schon und länger. Die Gebärde
des alten Nachbarn zeigt, sein Leben werde
alsbald erträglicher. Er hofft darauf.

GUSTAV BUCHHIERL

Des Märzenwindes unverhofftes Wehen
umschmeichelt mittags unser Angesicht
und zaust am Mützenrand das lose Haar,
damit wir Armgeplagten recht verstehen:

Des Lebens Liebeskraft verläßt uns nicht,
wie hart denn immer unser Kampf auch war.

Das Meer
Neuhof auf Usedom, Juli 1934

Das alte, immer junge blaue Meer
entsendet Bänder weiß gehöhter Wogen
den Strand hinauf. Vom heißen Dünenbogen
sehn wir ihr Stürzen, ihre Wiederkehr.

An trüben Tagen treibt ein Wolkenheer
landeinwärts, rastlos, bleiern überflogen
den Kiefernwäldern zu. Von flachen Koogen
jagt Sturm die Möwen kreischend hin und her.

So werden wir von Sonne, Wellen, Wind,
von Wolken, Stille, Vogelflug getragen -
in Sommerstunden wächst vergangne Kraft.

Die Woge hebt uns wieder, und wir sind
der Hoffnung offen, blicken auf und wagen
den Weg voran mit frischer Leidenschaft.

Aus alter Zeit
Besuch in Trostberg, November 1942

Wie lange ist es her, daß ich so lag?
Daß ich aus lichter Kindheit, dummer Tor,
ins Ungewisse lief, bei Menschen fror
und einsam glühte manchen Wintertag?

Wie lange ist es her, daß Stundenschlag
aus hölzernem Gehäuse mir das Ohr
auftat für teure Zeit, die ich verlor
mit Träumen über das, was kommen mag?

Oh altvertrauter gleicher Pendelgang,
der Räderwerk und Zeiger reguliert,
sich nichts erschwingt, auf kein Ereignis harrt.

Ich liege wieder viele Stunden lang
und weiß noch immer nicht, wer sie gebiert:
Vergangenheit und Zukunft, Gegenwart.

Erdstoß
Beben im Schwarzwald, Mai 1943

Gepflügten Ackers schwarzer Duft
kommt mit des Windes Wehen.
Durchsichtig läßt die Abendluft
Sternbilder zur mir dringen.
Mag aller Lebensgram vergehen
beim letzten, fernen Amselsingen.

Mein Licht erlischt, die Nacht bricht an
mit weitem Wälderschweigen.
Der Mittagsgott der Erde, Pan
dehnt seine Brust in schwerem Schlaf.
Tief muß die Wipfel neigen,
was sein gepreßter Atem traf.

Lebenslandschaft
Sanatorium Höchenschwand, Oktober 1943

Wölb dich, Himmel, über meine Welt,
die dort grausam ist, hier lieblich scheint,
goldnes Licht mit Ackers Schwärze eint,
Münster trägt und Kriegsgefangnenzelt,

Felderbreiten herbstlich neu bestellt,
Frauenherz am letzten Brief versteint,
lächeln läßt, wer eben ausgeweint,
Stuben mit der Feuersbrunst erhellt.

Dasein hält das Ja und Nein umfangen,
macht uns herrisch, beugt uns demutsvoll,
stärkt das Herz, zerbricht den Widerstand.

Immer durch dies Labyrinth gegangen,
suche ich den Ausgang ohne Groll,
schirme nur die Augen mit der Hand.

Bedenke Mensch

Aus früchteschwerem Schoß gebiert aufs Neue
in jedem Jahr Natur den reichen Segen.
Der Sonne stets unwandelbare Treue
und eines unbekannten Wesens Regen
bringt dir, o Mensch, seit Ewigkeitsgedenken
die reichen Gaben dieser Erde wieder.

Wer die Natur, kann auch dein Leben lenken,
bedenke dies, o Mensch, in Wort und Lied,
forsch nach, du wirst die Kraft erkennen,
die still an allen Orten schafft.

Vergebens ist dein Jagen, Lärmen und dein Rennen,
und eitel Tand, was du errafft.

Früher Herbst

Früher Herbst streut goldnen Segen
auf das sonnenmüde Land.
Buntes Laub auf allen Wegen
und die Wälder stehn in Brand.

Sprühen funkelnd Sonnenlichter
durch die bunte Pracht.
Fröstelnd rückt es dichter,
ahnt schon Mitternacht.

Alles wird bald schlafen gehen,
stille wirds im Ried,
werden kalte Winde wehn,
Nebel drüber zieht.

Seitenblick

Hier - graue Wand
und ganze Berge Akten,
die darauf warten,
daß mit starren schwarzen Zeichen
das letzte weiße Blatt
sich fülle.
Daß dies dann
im dunklen Schrank verstaubt,
unbeachtet und vergessen,
nie des Tages Licht erblickt.

Dort aber - junges Blut,
das schweigend sich
der stillen Arbeit neiget
und dessen schmale,
schreibungewohnte Knabenhand
oft innehalten läßt -
der Feder leises Knirschen.

Zwei Augen trinken sehend dann,
minutenlang und kurz
das stille frohe Licht der Sonne,
den klaren blauen Himmel

Reifen

Auf schmalem Feldrain lieg' ich
zwischen Weizen und Roggenfeld,
wir vor langen Jahrzehnten der Achtzehnjährige,
von verheißungsvoller Zukunft träumend.
Wieder ziehen am Ende des lange,
oft beschwerlichen Weges
stille Gedanken durch Kopf und Herz,
den weißen Sommerwolken vergleichbar,
hoch über mir
vor dem Winde segelnd in der unendlichen Tiefe
des Raums.
Dankbar spür ich die Kraft des Reifens um mich,
bereit ihr zu folgen,
bereit auch im Alter zu wachsen
im Kampf mit der Trägheit des Herzens,
Freundlichkeit und Güte entgegenzubringen
und nahe zu sein den Begegnenden,
die ihrer bedürfen.

Alter

Altern ist schwer und voller Mühsal.
Man soll's nicht färben, vergolden, ewige Jugend
spielen.
Krankheit, Schmerzen, Armut und Elend
sind häufig Gefährten.
Der Kreis wird enger um uns,
Einsamkeit läßt viele erstarren.

34

Was einst bewegte, rückt ferner,
allein Vergangenheit scheint tröstlich
und des Erinnerns wert.

Manche jedoch widerstehen dem stummen Versinken,
    bleiben offen dem Leben,
freu'n sich am Glück der anderen,
    am immer neuen Blühen und Wachsen,
fallen nicht aus der Zeit,
    begleiten den Tag, kritisch,
doch voll Verstehen.

Auch sie überwältigt in dunklen Stunden
    Trauer und Angst
und die Furcht vor dem Nachher.
    Doch sie bestehen die Tiefen,
sind bis zum Ende bereit,
    den Kommenden zu dienen.
Alter ist Teil unseres Schicksals,
    wir müssen's geduldig ertragen.
Dann mag's uns gelingen,
    am Ende des Weges
mit Würde und Weisheit dem Tod zu begegnen,
    vielleicht auch Kindern und Enkeln zu helfen,
die eigene Zeit zu erfüllen.

Wer hält den Absturz auf?

Hast lange gelebt,
Unerhörtes geschah in deiner Zeit.
Eroberung der Luft, des Wassers und der Erde,
wachsende Gewalt des Menschen über den Erdball.
Ständiger Wechsel, strömender Wandel und unaufhaltsam,
so scheint es,
der Flug in das All.

Des Spiegels andere Seite:
Reichtum und gnadenlose Härte der Wenigen,
Hunger, Elend und sinnloses Sterben der Armen.
Am Horizont die Vernichtung für alle
durch den maßlosen, ungezügelten „Fortschritt".
Die Dämonen, entfesselt durch uns,
zerstören das Gleichmaß der mißhandelten Erde.
Der Fanatismus der unduldsamen „Gläubigen"
treibt uns ins Chaos.
Wer hält den Absturz auf?
Nur bei den Freunden des Friedens
und der in sich ruhenden Erde
liegt noch Hoffnung.
Sie ist gefordert!

Angst

Du mit den dunklen Schwingen,
 die viele Namen trägt,
vom Ursprung her den Menschen zugehörig,
 hast mich auf allen Wegen stets begleitet.
Ließest den Säugling weinen,
 der sich verlassen wähnte,
den Knaben zittern, wenn er nicht genügte,
 bedrängtest hart den Reifenden,
der mühsam Weg und Ziele suchte,
 warst oft der unerwünschte Gast,
als ich durch lange Jahre
 für andere und die Meinen Sorge trug,
hast mich auch heute nicht verlassen,
 wirst bei mir bleiben bis zum letzten Tag.

Bedrohst uns vielgestaltig, Schattenwesen,
 dem Dämon gleich.
Bald kommst du wie ein leiser Hauch,
 der kaum der Seele Spiegel trübt,
bald nahst du dich mir schleichend,
 den Schmerz stets steigernd,
bald greifst du plötzlich nach dem Herzen,
 preßt es zusammen, daß ich fast vergeh',
hüllst mich in Nebel,
 daß ich den Weg nicht mehr zu finden meine.

Niemand kann dir entgehen.
 Du bist bestimmt, den Menschen immer neu
 zu fordern.

Er muß dir widerstehen,
    will er nicht sinken in die Hölle,
aus der du aufsteigst, ihn zu würgen.

Wir sind nicht hilflos deinen Schlägen ausgeliefert,
    denn nicht nur Angst, auch Hoffnung, Wille
sind unserem Wesen eigen,
    helfen den Nebel zu vertreiben,
die Elendsschluchten zu durchwandern,
    dem Leben wieder sich zu öffnen,
den Weg auf uns zu nehmen,
    den uns das Schicksal weist.

Begegnungen
Gertrud Bäumer zum 70. Geburtstag
am 12. September 1943

Ist Dir im Traum nie ein Bild vorübergegangen -
War's Bild? War's Klang?
In Licht versiegt, doch blieb Dir danach ein Verlangen
Noch tagelang.

Und sahst Du nie in der Menge beseelte Züge -
Du warst allein,
Und plötzlich war's, als ob ein Herz für Dich schlüge,
Von jeher Dein.

Vorüber. Und wie Dich auch künftig die Sterne segnen,
Es führt das Geschick
Nie wieder herbei das wundersame Begegnen,
Den Rätselblick.

Und kam aus fremden Gärten über die Mauer
Dir nie ein Duft
Und rührt Dein Herz mit bangem Erinnerungsschauer
Und mahnt und ruft?

Was harrte Deiner hinter der magischen Pforte?
War dort Dein Glück?
Vorüber am Paradies, am versenkten Horte
Und nie zurück.

Dein Becher fängt aus des Lebens Übermaßen
DochTropfen nur;
Dein Fuß läßt vieltausend in wenig Straßen
Nur seine Spur.
Und ward auch das Höchste, das Du erwünscht und
                                              beschworen,
Dir zugewandt,
Es bleibt ein Weh um alles, was Du verloren
Und nie gekannt.

Als Gisela Konopka sich 1933 während des Studiums in Hamburg im Widerstand gegen den Nationalsozialismus befand und ständig antijüdischer Hetze ausgeliefert war, fand sie in ihrem Zimmer einen Brief ihrer Freundin Ruth, *„in dem die schreckliche Einsamkeit und die Hoffnungslosigkeit eines jungen Menschen zum Ausdruck kamen "*. Er enthielt zwei Gedichte, die G.K. überliefertg hat - Gedanken eines jüdischen Mädchens im Jahr des Unrechts und der Verfolgung.

Die 18jährigen

Sie haben uns alle zu Greisen gemacht,
wir, die wir grad 18 Jahre alt waren.
Eben haben wir noch wie Kinder gelacht,
jetzt liegt über unseren Haaren
jenes leichte Grau, das ein Herbsttag hat,
der feucht und mit Nebel beginnt,
irgendwann einen blassen Sonnenstrahl hat
und dann im Regen verrint.

Der Jude

6000 Jahre sieht ihn die Welt,
6000 Jahre immer wieder auf die Erde gestellt;
6000 Jahre geht er schon,
6000 Jahre war er Vater, Mutter, Sohn.
6000 Jahre Weisheit Leben, Tod.
6000 Jahre Dumpfheit, Elend, Not!
6000 Jahre trug er Qual.
6000 Jahre - seine Hände wurden schmal,
6000 Jahre - die Kraft ging dahin,
6000 Jahre, jetzt sucht er ihren Sinn;

6000 Jahre geliebt und geworben,
6000 Jahre gezeugt und gestorben.
6000 Jahre !! Er brüllt zum Himmel: „Du!"
6000 Jahre schweigen dazu.
6000 Jahre höhnen: „Der gute Gott war alt."

——— ——— ———

Mit Hilfe der Untergrundbewegung gelang es G.K. nach 1933, ihre
Mutter von Berlin aus über Leipzig zur Emigration in die Tschechoslowakei zu bewegen. Zum Abschied gab sie ihr zwei Gedichte:

Mutter I

Ich war in Dir
Als keiner mich gekannt,
Ich lag bei Dir
Als keiner mich genannt.

Dein gutes, lieben Sorgenangesicht,
Ja, Du verstehst mich
Und verdammst mich nicht.

Die ganze Last der Erde
Muß ich tragen.
Du, Mutter, wirst nicht
Wie, warum nur fragen.

Du glaubst an mich,
Wenn noch so fern ich bliebe,
Oh, Mutter, hätten alle Menschen
Doch die Liebe.

Mutter II

Dort ist das Ziel
Und zagend stockt der Fuß
So weit der Weg
Und überall sind Steine,
Und hinter uns die Last der langen Jahre
Und hinter uns das Leid, das wir gelitten ...

Und in uns -
Gram und Kummer, Sorge?
Wir horchen still hinein
Und staunend fühlen wir:
All dieses trostlos Dumpfe
Hat sich nun gewandelt,

Und ist zerglüht in einer großen Liebe,
Die jeden faßt,
Der einmal ging gebeugt,
Und jeden, der nach einer Hand verlangte,
Die nicht mehr da ist ...

Und diese Liebe trägt den Fuß
Und gibt die Kraft, ans Ziel doch zu gelangen,
Und unsre Hände
Werden stark und - sanft,
Und tragen mit und stützen, streicheln
Und weit nun öffnet sich das Tor des neuen Lebens.

GISELA KONOPKA

Gisela Konopka sagt von der Zeit 1936 im KZ Hamburg_Fuhlsbüttel:
*„Irgendwie fand ich Trost in der tiefen Überzeugung, daß man gegen das
Böse kämpfen muß, und in der Freude, daß ich dies zusammen mit dem
Mann getan hatte, den ich liebte. Ich schrieb Gedichte, indem ich sie mir
vorsang. Später schrieb ich eins davon auf. "*

Lied im Konzentrationslager

Ich weiß nicht, soll ich denn hier trauern,
die Wände stehen fest und dicht.
Ich weiß nur, über diesen Mauern
wölbt sich ein Himmel, klar und licht.

Ich weiß nur, über mir gehen Schritte,
die rastlos wandern, her und hin.
Ich weiß in dieses Hauses Mitte,
daß nicht allein im Leid ich bin.

Ich weiß nicht, soll ich dich denn hassen,
der mich verriet und brachte her,
ich weiß nur, Deine Hände fassen
auch Mauern, kalt und liebeleer.

Ich weiß nicht, soll die Sehnsucht fliegen,
hin zu den Menschen, die mir lieb,
ich weiß nur, einmal muß doch siegen
der Wille, der unbeugsam blieb.

Ich weiß nur, draußen gibt es Bäume
und frischen, hellen klaren Wind.
Ich weiß, es sind doch keine Träume,
daß überall doch Brüder sind.

GISELA KONOPKA

Unter dem Druck der Verfolgung wurde G.K. 1937 in Berlin von Panik
ergriffen. Die Gestapo hatte sie bereits in ihrer Hamburger Wohnung ge-
sucht. *„Meinen Gefühlen konnte ich nur in Gedichten Ausdruck geben.
Nach außen hin mußte ich stark sein. "* Für ihren Freund schrieb sie dies:

Für Paul

Da draußen hängt so weich die Sommernacht,
Und tiefer Duft von Maien füllt den Raum,
Du solltest bei mir sein und leise, sacht,
Mich streicheln wie ein guter, ferner Traum.

Ich möchte bei Dir liegen, nur ganz still ...
Und Deinen Arm sollst Du nun um mich tun
Und alles, alles, was der Tag sonst will,
Das soll versinken und auch einmal ruhn.

Ich bin allein und Du bist fern von mir,
Doch fühl ich heut so stark wohl Deine Nähe,
Daß mir so ist, als stündest Du bei mir
Und nur des Windes Atem leise uns umwehe.

—— ——

Wenn wir weinen - sind wir doch allein,
Und die müde Nacht umfaßt uns bang.
Ach, wir gingen ja so gerne ihn zu zwein
Diesen Weg, den schweren, steil und lang.

Bangend tasten unsre leeren Hände,
Und wir wissen: fern von hier ist einer,
Der, wenn er sie in den seinen fände,
Stiller würde, größer, heller, reiner.

Doch gehören wir noch zu den Reichen,
In uns lebt ein Wille, gut und klar,
Und wir weinen nicht mehr - sondern streichen
Leise einem Wunden über Stirn und Haar.

In der Nacht

Ein dunkles Angesicht,
Fremd und voller Trauer,
Steinern fast,
Und dann zuckt es ...

Und voll Ohnmacht
Senkt die andre Stirne sich,
Weil sie brennend
Von dem Schmerz des andern
Doch nicht helfen kann.
Und wendet sich ...

1940 flüchtet G.K. nach Frankreich, Paul reiste ihr nach. „ *Wir besaßen Pauls Zelt, das er auf dem Fahrrad auf derFlucht mitgenommen hatte. In Deauville zelteten wir oben auf den Klippen und verbrachten dort wunderbare Tage. ... Paul spielte leise auf seiner Mundharmonika und ich hörte zu. "*

Leise steht die Nacht vor meinem Herzen
Und ich fürchte nichts
Und nichts tut weh.
Über all den großen, dunklen Schmerzen
Liegt die Ruhe
Wie ein tiefer See.

Die Flüchtlinge erlebten: „*Überall waren deutsche Truppen, sie plünder-
ten das Land fast bis zum Letzten aus. Bald gab es fast nichts mehr zu
essen.*" G.K und ihr Freund versteckten sich in dem Dorf Lavit. „*Diese
Zeit war fast ein Idyll. Zum ersten Mal seit Jahren waren wir in einem fast
'normalen' Leben zusammen.*"

Abend

Nun wird es still um uns
Und all das laute Treiben
Sinkt weit ins Dunkel leise jetzt herab.
Es ist, als ob von allem nur wir beiden bleiben
Und alles Schwere fällt leicht von uns ab.

Jetzt wird es dunkel ...
Und ich kann nicht sehen
Die Züge Deines lieben Angesichts,
Ich höre leise nur den Atem gehen

Und Deinen Mund, der gute Worte spricht.
Und wie Musik umtönt es uns,
Erfüllt uns tief mit Beben ...
Belädt uns mit so köstlich froher Last ...
Ach, Liebster, herrlich, herrlich ist das Leben,
Und wenn es auch nur diesen Tag umfaßt.

G.K. über den August 1940 in Montauban: „*Die Nachrichten wurden
schlechter. De Gaulle sprach im Radio. Es war gut zu erfahren, daß je-
mand den Widerstand am Leben hielt. Die Meldung über Dünkirchen,
die die Welt erschütterte, war für uns noch eine gute Nachricht.*"

GISELA KONOPKA

Im Winter 1940 war Paul in einem französischen Internierungslager für Flüchtlinge, wo G.K. ihn oft besuchte. *„Es war ein eigenartiges Gefühl, durch das Fenster des winzigen Zimmers hinunter auf den Schnee und das Lager mit dem Stacheldrahtverhau zu sehen. Ein französischer Soldat marschierte auf und ab, als ob er uns beschützen wollte. "*

An Paul

Hell, von tiefer Freude heiß durchglüht
tönt mein Lied.

Jubelt auf und trägt uns stark und weit,
Überfülle aller Seligkeit.

Einmal noch des Lebens Kelch getrunken,
ineinander wie in eins versunken.

Bleibt ein stiller Glanz und Kraft und Schwung,
dankbar lächelnde Erinnerung.

G.K.: „Mein letztes Gedicht in deutscher Sprache schrieb ich in einer Nacht voller Verzweiflung."

Der Traum

Ich bin von einem Schrei   Da war der Traum:
laut stöhnend aufgewacht.   Noch floß ganz sanft der Strom,
Ein tiefer Schrecken   die Brücke schwang und
und ringsum war Nacht.   ernsthaft stand der Dom.

Und Boote schwammen,
Menschen, Bäume, Wagen;
Vom Wasser wie vom
festen Grund getragen.

Ein Rosenzweig
hing über'm Wasser dort,
ich wollt' ihn greifen,
doch es trug ihn fort.

Der Himmel wurde dunkler,
schwer vom dumpfen Drohn,
im Fluß erstand
ein singend grauer Ton.

Der Fluß wird reißend -
Wirbel sah ich drehn,
nichts auf der weiten Fläche
konnte aufrecht stehn.

Da fielen Bäume,
schrien Kinder, Frauen,
ich schloß die Augen,
wollt nichts hören, schauen ...

Doch unter mir auch
schwankt es,
und der Wagen, der mich bisher
so sicher gut getragen,
er fällt -

schon spüre ich die kalte Flut -
ich sehe Freunde:
„Habt noch Mut,
Habt Mut!"

Doch beim Erwachen
gellt ein böses Wort:
„Der Strom
reißt euch doch alle mit sich
fort."

Nachdenklicher Spaziergang

Von deinen kleinen Schritten gehen drei
auf einen Schritt von mir. So trippelst du
im Rhythmus drei zu eins, - dein linker Schuh
ist, wie ich sehe, wieder mal entzwei.

Auch Kinderschuhe kosten leider Geld.
Du wirst allmählich teuer, denk' ich mir.
Daß du mir's wert bist, ja, das sag' ich dir
nur in Gedanken - nicht vor aller Welt.

Denn du, mein Sohn, verträgst kein Kompliment.
Noch liegt dein Maßstab in der eig'nen Brust.
Ach, blieb es so! Ich hab nicht übel Lust,
zu sein wie du, wenn mich der Ehrgeiz brennt.

Drei kleine Schritte und ein großer Schritt
sind uns'res Lebens Sinnbild, wie mir scheint.
Was hat das Schicksal wohl mit uns gemeint,
wenn es uns zwei auf's gleiche Ziel vereint?
Auf welchen weiten Weg nimmt es uns mit?

Wunsch eines Vaters

Und immer suche ich in deinem Wesen
nach Spuren meiner selbst. Du bist mein Sohn.
Mein Bild aus deinen Augen abzulesen:
ist dieser Wunsch nun Frevel oder Lohn?

Du wirst beginnen, wo ich enden mußte,
du sollst erreichen, was ich nicht vermocht,
denn in uns beiden wirkt das Unbewußte,
das wie ein Herzschlag uns im Blute pocht.

Aus fernen Strömen und Vergangenheiten
gab ich dich weiter an die Gegenwart.
Du füllst sie nun mit allen Eigenheiten,
die sich das Leben für dich aufgespart.

Ich schau dir zu wie über eine Mauer.
Du sollst allein sein, doch nicht unbewacht.
Und jedesmal beb' ich in frohem Schauer,
wenn du so bist, wie ich es mir gedacht.

Schau nur von Zeit zu Zeit aus deinem Treiben
still zu mir auf. Dann winke ich dir zu.
Laß mich der Zaungast deines Lebens bleiben.
Ich halte dir den Bügel. Reite du!

Bei der Schularbeit

Du führst den Griffel wie ein Handwerksmann
sein schweres Werkzeug: ernst und mit Bedacht.
Auf deinem Mund, der sonst so gerne lacht,
erlosch das Lächeln, eh es noch begann.

Nun schwebt der Lippe zärtliches Oval
fast schon erwachsen über deinem Kinn.
Die Zunge fährt ganz leicht darüber hin
bei jedem Wort und jeder neuen Zahl.

Und deine Augen groß und tief und braun,
sie schreiben tastend jede Zeile nach
und müh'n sich, Worte, die der Vater sprach,
als weiße Schrift auf Schiefergrund zu schaun.

Mein lieber Sohn, ich weiß, wie du dich plagst!
Ich seh die Falte auf der klaren Stirn,
und spür den Trotz in deinem kleinen Hirn,
auch wenn du ihn noch nicht zu zeigen wagst.

Ich führe dir die unbeholfne Hand.
Du schaust mich fragend an. Ich bleibe ernst:
Denn ach, ich weiß, wie schnell du dich entfernst
mit Stift und Tafel aus dem Kinderland.

Abend und Morgen
Gedanken eines Vaters

In dieser kleinen Spanne, eh du einschläfst, sind wir,
mein Sohn, am innigsten vertraut.
Dein Auge, traumverhangen, spiegelt auch die Abenteuer
und den Glanz des Tages,
bevor der Wimpern zarter Gitterschleier
sie sanft verschließt ...

Nun weht der leise Atem deines Schlafes
zu mir herüber, zärtliche Brücke zwischen dir und mir.
Und in dem Glück des tiefen Schweigens öffnet
sich lautlos mein Herz und nimmt dich auf ...
Aber in der kleinen Spanne, wenn du erwachst
und dich der Tag noch nicht kennt,
dann ist mir so,
als müßte ich dich von weither,
von sternenweither zu mir zurückholen.

Hat dich die Nacht nur entführt
oder der glitzernde Traum?
Zögernd und fremd nur hebst du die tastenden Augen
und dein Blick sucht den Stern,
der dir vielleicht nächtliche Heimat war ...
Bis sich dann plötzlich unsere Augen begegnen:
    Endlich - wie hab ich's ersehnt! -
    fliegt mir dein Lächeln zu.

Frühlings Anfang

Auf 'nem Rößlein weiß wie Schnee
Rate, was ich schaute,
Daß mein Herz, erjauchzend jäh,
Kaum den Blicken traute?

Kam in ungestümem Trab,
Daß die Locken flogen,
Strahlend schön ein schlanker Knab
Durch die Buchenbogen.

Schlug in frohem Übermut
Mit der Weidengerte
Rechts und links, wie man's so tut,
Auf des Rößleins Fährte:

Jauchzte einmal hell und rein,
Daß in allen Zweigen
Ich den rötlich-lila Schein
Tanzen sah und steigen.

Und wie sich mein Herz besinnt,
Was es wirr empfunden,
Ist das Büblein mit dem Wind
Hinterm Berg verschwunden.

Doch mein Auge, - staunend hings
Noch am Weg ein Weilchen ...
Da entdeckt es, rechts und links
Knospen schon von Veilchen.

Gedanken

Meine Gedanken gleichen
Schlanken Pappeln im Frühling
An kreisrunden Teichen
Mit schattenwerfenden Stämmen,
Die wie dunkle Gitter
Den Zugang zum Wasser hemmen.

Was sie wie Wächter hüten
Für sich zu ergründen,
Immer umsonst sie sich mühten,
Denn ob sie ewig so stünden,
Die Tiefe des Teiches
Werden sie nimmer ergründen.

Vor den Toren

Vor den Toren liegt des Städtchens Friedhof,
Eingehegt von bröckeliger Mauer.
Blaue Veilchen duften aus dem Grase,
Weiden hüllen sie in weiche Trauer.

Stand ein Mägdlein an der Gitterpforte,
Schaute nach den Blumen voller Sehnen, -
Und als lang die Sonne schon geschwunden,
Sah ich noch sie dort am Gitter lehnen.

Immer, Mägdlein, muß so im Leben
Unsre Sehnsucht vor den Toren warten,
Bis sie einst das letzte Ziel erreichte
Vor den Toren - in dem stillen Garten.

Im blauen Schiff

Heute ließ ich mein blaues Schiff
Mittags durch blühende Wiesen treiben,
Wo die Wolken mit schattigem Griff
Ihre magischen Zeichen schreiben.

Suchend beugte ich mich über Bord,
Hätte so gern ihr Geheimnis gelesen;
Doch sie huschten spinnbeinig fort,
Als wären sie niemals gewesen.

Weiter glitt ich im gaukelnden Spiel
All der graugrünen Gräserwellen;
Silberschimmernd sah ich am Kiel
Viel tausend Blumen wie Schaum zerschellen.

Lautlos nahte ein Schmetterling,
Honigsatt und müde von Hitze,
Der sich als flatternde Fahne hing
An meines Schiffleins äußerste Spitze.

Kam unter Brummen ein Käfer gerannt;
Sollte ich etwa die Wiese räumen?
Als er die Flagge am Bug erkannt,
Ließ er mich ruhig weiterträumen.

Seestimmung

Die See lag bleiern - die Luft war schwer,
Zwei Segel glitten lautlos daher.

Der Wind hing schlaff in dem grauen Tuch,
Eine silberne Straße grub ihr Bug;

Eine silberne Straße im weiten Meer,
So zogen sie hintereinander her,

Bis daß sie schwanden auf schimmernder Bahn
In traumferne Weiten im Ocean. -

Ich weiß eine Insel, den Zeiten entrückt,
Kein menschliches Auge hat je sie erblickt,

Da werden sie landen auf Avalun;
Da werden Ferge und Nachen ruhn.

Abend auf Föhr

Wir schreiten leis im Dämmerdunkel
auf breitem Rasenweg einher,
Da schimmert silbernes Gefunkel
Am Horizonte auf: das Meer!

Und wir stehn still in stummem Glücke,
Die Brust so eng und doch so weit. - -
Der Mond schlägt uns die Silberbrücke
Vom Strand der Zeit zur Ewigkeit.

Nun wird die Ferner immer grauer,
Der Melkgeräte Klappern schweigt
Die Kühe stehn in dumpfer Trauer,
Den Hals ergebungsvoll geneigt.

Man hört der Stuten starkes Fressen
Und tiefes Schnaufen aus dem Dock,
Ein Ziegenbock, vom Hirt vergessen,
Zerrt, trostlos meckernd, noch am Pflock.

Herbst

Der Wind wirbt um die Birke.
Sie steht und lauscht und sinnt
In goldenem Gewande
Ein schlankes Königskind.

Der Himmel blaut und leuchtet,
Der Wind wirbt wundersam.
Er flüstert lind und leise;
Sie schauert sacht vor Scham.

Und wie er ungestümer
Sie küßt mit heißem Mund,
Gleitet der Mantel vom Golde
Zögernd hernieder zum Grund.

Sie senkt die Zweige nieder,
Wagt aufzuschauen nicht -
Und steht mit bloßen Schultern
Schimmernd im flimmernden Licht.

Mohnfeld

Die Glocken läuten der dämmernden Welt.
Tiefrot erschimmert der Mohn in dem Feld.
Es neigt sich das Korn und erzittert im Wind -
Mir ist es, als ob ein Hochamt beginnt:
Und purpurn um Mohnblatt ins goldene Meer: -
So fallen die Tropfen beim Abendmahl
Feierlich schwer in den heilgen Pokal.

Da denkt meine Seele ein anderes Feld,
Ferne vom Frieden der dämmernden Welt;
Dort geht die heilige, blutige Schlacht
In wogenden Ähren bei Tag und bei Nacht;
Und purpurn gleiten langsam und schwer,
Tropfen um Tropfen ins goldene Meer,
Und das Ährenfeld wird zum heiligen Gral
Und das Blut zum Opfer beim Abendmahl -

Ich neige das Haupt wie im Gotteshaus.
Leis klingen verhallend die Glocken aus.

In Memoriam

Ich seh dich noch, ganz für Homer erglüht.
Am Abend wars auf jung ergrüntem Rasen.
Du griffst zum Glas, drin roter Landwein sprüht,
Und „spendetest den Göttern", wie wirs lasen:

Das Kelchglas neigend, sprengtest du den Wein
In roten, schweren Tropfen auf die Erde. -
Wie Gold umfloß dich letzter Abendschein,
Und heilig priesterlich schien die Gebärde.

Da kroch mir banges Ahnen kalt herauf;
Beklommen bat ich dich, dein Tun zu lassen.
Einsilbig schritten wir am Abend drauf
Den Berg hinunter, durch die stillen Gassen. - -

Dann kam der Schnitter Krieg. - Er mäht mit Macht.
Im Maienglanz wardst du auch hingerissen;
Ich weiß nicht, wie noch wo. - Doch eine Nacht
Ward plötzlich meine alte Ahnung Wissen:

Ich sah dich stehen, bleich und todeswund,
Dein rotes Blut erblühte an den Händen;
Das tropfte auf den grünen, grünen Grund,
Und wieder sah ich dich „Den Göttern spenden";

Und wieder woben Licht und goldner Klang
Sich um dein blondes Haupt zu Glorienkränzen -
Die schwanden nicht bei Sonnenuntergang;
Sie werden ewig um dein Opfer glänzen.

Aufbruch

Die Luft war bleiern und von Ahnung schwer,
Vom Berge hallte regelmäßiges Dröhnen:
Die Schwergeschütze, die von ferne her
Vom Oberrhein mit dumpfen Wummern tönen.

Im Dorfe ungewohntes Auf und Ab.
Feldgrade, die zu baldgem Abmarsch rüsten.
Kolonnen fahren auf in raschem Trab.
Die Pferde wiehern hell, als ob sie wüßten.

Vom Orte abseits steht ein Kruzifix
Am Waldesrand auf grasbewachsnem Hügel,
Dort geht ein Feldsoldat gesenkten Blicks,
Zwei Braune lose rechts und links am Zügel.

Ein Bauernsohn. Man sieht es gleich am Gang.
Der Fuß kann sich nur schwer vom Boden trennen.
So wandelt langsam er am Berg entlang,
Den treuen Freunden letzte Rast zu gönnen.

Da blickt er auf - und plötzlich stockt sein Fuß;
Und während friedlich seine Tiere weiden,
Bekreuzigt er sich still mit frommem Gruß,
Wie's wohl die Mutter tat daheim beim Scheiden.

Stumm duldend schaut vom Kreuz des Menschen Sohn,
Um jedes Opfer wissend auf ihn nieder.
Das Erdreich hohl erschütternd , hallt der Ton
Der Ferngeschütze hinterm Walde wider.

Er lauscht. Dann schaut er lang hinab ins Tal
Hin über Feld und Flur zu seinen Füßen.
Es ist, als wollte er ein letztes Mal
In diesem Fleck die ganze Heimat grüßen.

Drauf strafft er sich, sitzt auf und reitet fort,
Das led'ge Sattelpferd dicht an der Seite.
Bald sah ich ihn im Troß am kleinen Ort,
Und meine Augen gaben ihm Geleite.

Getrappel. Aufbruch. Doch als Staub und Sand
Den letzten Reiter meinem Blick entrissen,
Ging ich zum Kruzifix am Waldesrand
Und habe an die Mutter denken müssen.

Nacht

Die Nacht kommt königlich einhergegangen
Im weichen Mantel mit den Sternenspangen,
Der weit und dunkel von den Schultern wallt;
Verwischt das Nichtige, alltäglich Kleine
Und hebt hervor die wunderbare Reine
Der gottgewollt ursprünglichen Gestalt.

Und bei der Sterne starkem, stillem Funkeln
Erwächst ein jedes schweigend aus dem Dunkeln,
Bis herb und keusch und groß es vor dir steht ...
Drum sind auch jene, die durch Nacht gegangen
In ihrem Leben sternenhaft behangen
Mit ruhig königlicher Majestät.

Das Brückenbild

Das war der weiche Winterschnee,
Das war die blasse Nebelluft,
Die hüllten Fluß und Berg und Burg
In einen seltsam grauen Duft.

Der alte Brückenheil'ge nur
Ragt deutlich aus dem Nebelmeer,
An ihm vorüber glitten still
Wie Schemen Menschen hin und her.

Mir war's, als säh ich schattenhaft
das Einst und Jetzt und Später gehn;
So auf der Brücke stand das Bild,
So wird es auf der Brücke stehn ...

Denn alles ist nur Übergang
Aus Nebel her zu Nebel hin;
Und eines nur weist fest empor:
Das Heilige im Menschensinn.

Allverbundenheit

Ein sehnend Suchender, - in letzte Tiefen tauchend,
dein Eigenstes zu finden, deines Wesens Urgrund,
daraus dein Sein in immer neuem Werden quillt. -
Du tauchest tief, - und ewige Verborgenheiten
enthüllen zögernd deinem Fordern sich.

Und tiefer, - tiefer dringst du - und stehst erschauernd,
und bebst zurück, - da, jenseits aller Tiefen,
da gähnt unendlich Dunkel dir entgegen,
unendlich Nichts - unendlich Enden alles Sinns und Seins.

Und dann - dann wagst du's! - bebend gibst du dich dem
                                              Dunkel,
dem Nichts, der endlos endenden Unendlichkeit!

Und sieh: das Dunkel lebt! Es spricht die Stille -
ein lautlos Schweigen tönt - du lauschest staunend:
Es spricht die Starrheit toten Steins, der Tiere Stummsein,
das kreisend Leuchten fernster Himmelsräume,
und alles spricht zu dir, - und weiß um dich,
umfängt dich brüderlich und sagt ein traulich „Du" -
ein „Du" dem Eigensten in dir, - und öffnet letzte Schranken,
drin deines Ichs Besonderung gefangen war.
All-Einheit hüllt dich ein: du weißt um Letztes,
Unschaubares erschauend, ahnst dein Wesen,
dein Eigenstes, - dein Tiefstes, -
du ahnst es eingebettet tief, - zutiefst geborgen
in eines ewgen Alls unendlich Sein!

Erdgebundenheit

Und sieh! - dein Eigenschicksal wird so klein,
Wenn du es hier mit allem Leben teilest,
Das tausendfach sich täglich neu verschwendet,
Das täglich neu entkeimt - und blüht - vergeht,
Und noch im Welken zukunftsträchtig
Sich tief hineinversenkt in unerschöpflich Erdreich.

Und alles Lebens letzter Sinn ist dies:
Daß nimmer du des Lebens Sinn erschaust -
Und doch ihm dienst - und in ihm ruhst -
In ihn hineingeborgen still entkeimst und blühest -
Und schmerzlich reifend dich - ein willig Opfer -
Zu neuem Wandel seinem Schoß vertraust.

Abendgang in Sievershütten

Ruhe und Frieden strömen in dein Herz
und still wird alles schmerzzerquälte Fragen,
wenn dich die raumlos fernen Abendwege
weit durch entschlummernd Sommerland getragen.

Und Himmel nimmt und Erde nun dich auf
und betten dich in ruhevolle Weiten.
Du bist nur eines, - eines ihrer Kinder,
darob sie weich ihr nächtlich Dunkel breiten.

Und leise löst der Weite mütterlich Umfangen
dein Sein, darin zu lange lagst gebunden:
du bist nicht eines mehr, - wirst namenlos - trägst alle Namen,
hast zum Urgrund allen Wesens endlich heimgefunden!

CONRADINE LÜCK

Ich weiß es wohl ...

Ich weiß es wohl, ich werde dies und nichts als dieses sein:
Ein Lauschender auf tiefsten Wesens Sein -
ein Sehnender, der nie Erfüllung fand,
ein Wanderer durch blühend, schenkend Land,
ein Wissender, der innerstes Geheimnis rät,
ein Liebender, der Keime lichter Wunder sät;

ich werde doch ein Kind nur sein, das still und gut
zutiefst geborgen in dem dunklen Schweigen ruht.

Zum neuen Jahr

Ach, schenk uns dies: ein immer stiller Werden,
Und immer lauschender auf fernes Klingen,
Und immer sehender hindurch durch trügendbunte Hüllen
Und immer ahnender um letztes Sein!

Und gibt uns Kraft, ein „Dennoch!" aufzurichten
An jedem Weg, der in die Irre ging,
Und Kraft, durch Dunkel unsre Last zu tragen,
Dem Licht vertrauend, das da in uns brennt.
Und gibt uns dies: aus Stille Leben zu gebären,
Das jedem neuen Tag sein Tun in Treuen schenkt.

Für B.M. zum 70. Geburtstag

Und schickt dir Schmerzen auch des Schicksals Wille,
zieht immer enger dir den Kreis,
der deinem Zugriff willig bleibt erreichbar -
Er i s t nicht eng, denn er schließt a l l e s ein.
Und noch im Kleinsten schenkt sich dir das Ganze,
und alles Leben tönt geheime Kunde:
Es spricht die Starrheit kühlen Steins - der Tiere Stummsein -
das selig Säftesteigen stiller Pflanzenleben -
des nahen Windhauchs unverhofft Berühren
und leuchtend Kreisen fernster Himmelsräume.

- Und alles spricht zu d i r und weiß um dich -
umfängt dich brüderlich, sagt ein traulich „Du",
ein „Du" dem Eigensten in dir - und löst unmerklich Bande,
drin deines Ichs Besonderung gefangen lag.
Alleinheit hüllt dich ein - du weißt um Letztes -
Unschaubares erahnend - ahnst dein Wesen.
Du ahnst es eingebettet tief - zutiefst geborgen
in eines ein'gen Alls unendlich Sein!

Einsamkeit

Trägst du dies durch die Nächte und Tage?
Deiner Einsamkeit kostbar Gefäß?
Deiner Sehnsucht flehende Hände,
darin es ruht?
Und dein Hoffen, tastende Schritte,
einem bergenden Schoß entgegen,
darin es zu betten?
- immer genarrt?

Endlose Tage - endlose Nächte!
Ach, daß die Hände hilflos verdorrten!
Ach, daß die Schale zerbrochen läge -
sinnlose Geste!
Ach, daß die Schritte endlich verhallten,
ferne von Grauen und Dunkel verschlungen,
bittere Narren! -
- Endlose Torheit! -

Soziale Arbeit

Nicht, daß du hundert Hände gefüllt
Und tausend Kerzen entflammet -
Nicht, daß du gekleidet, gespeist und getränkt,
Die zu bitterstem Elend verdammet -

Nein! Daß du aus tiefster Seele geliebt
Und daß du dein Herzblut gegeben -
Und die Güte gemehrt in der hassenden Welt -
Das - das erst war helfendstes Leben!

Kinderseele

Und immer sehnlicher wird dein Verlangen
Der Seele Letztes im Erkennen zu umfassen,
Und immer scheuer flieht dich ihre Tiefe
Und birgt sich bang den allzu klaren Blicken
Und hält in immer dichterm Dunkel ihr geheimstes Sein.

Und bebend kniest du vor dem Ewig-Unerforschten:
Da aus der Allverbundenheit ein Sein sich löset
Und staunend - stammelnd sich zu eigen nimmt.

Und flehend heischst du Eintritt in die Welten,
Die fern und seltsam nah sich vor dir breiten
Und fremd und tief vertraut.
Und findest selig-scheu in eigenen Wesens Tiefen
Das kleine Kind, das sie dir zögernd öffnet,
Dein tastend Ahnen leise einzulassen,
Ob es die Rätselwege gehen lerne,
Die in des Morgens Dämmer Menschengeist gebahnt. -
Und immer sicherer schreitest du verschlungne Pfade,
Da immer neue Wunder locken - Früchte reifen -

Und siehe: was dem Wissen karg sich stets geweigert -
Dem Ahnen schenkt sich's überreich
in eines Kindes lächelnd Spiel!

Ernte

Wie ein kühles, fremdes Wehen
Geht der Tod durch reifes Land
Und beginnt das goße Mähen.
Volle Frucht, ihm zugewandt,
Fällt und sinkt,
Sinkt und fällt.
Tot und still ist nun die Welt,
Nur die große Sense singt
Tag und Nacht - Nacht und Tag.

Spürtest du das ferne Wehen,
Sahest du die Totenhand
Über deine Felder gehen,
Reicher Fülle zugewandt,
Hörtest du die nackten Schritte
Und der Halme leise Klage,
Lauschtest ihrer stillen Bitte,
Leerer Felder banger Frage?

Mensch, der du den Tod gespüret,
Geh und sammle nun die Früchte,
Die die Sense scharf berühret.
Siehst du wie die Schatten gehen
Und aus zagem Morgenlichte
Will das Leben neu erstehen.
Daß nicht Hunger es vernichte,
Hole ein die reifen Früchte.

Vor einem mittelalterlichen Bild auf Goldgrund

Du bist der reiche, goldne Grund,
Aus dem sich meine bunten Bilder heben,
Bist lächelnder und reifer Mund,
Geformt von ausgetragnem Leben.

Matt schimmerst aus der Tiefe du
Und trägst des Lebens junge Farben
Und dämpftest sie, gabst ihnen Ruh'
und Stille, daß sie nichts verdarben.

Du leuchtest warm und dennoch bist
Du beim Berühren fern und kühl,
Ein dünn Metall, das golden ist,
Ein schönes, fremdes Zauberspiel.

Und du und ich sind wie ein Bild
Im frommen Raum aus früher Zeit,
Wo eins im andern sich erfüllt
Und dient und schenkt und ist bereit.

Einer Trauernden

Wir stehen vor dem dunklen Tor der Schmerzen
und sind doch scheu hineinzugehen, weil Schritte
zu laut drin tönen, und weil Worte
zu hart und grell das heilige Schweigen stören.
Und möchten doch unhörbar zu euch treten dürfen
und eine leise Hand in eure Hände geben.

die stumm euch sagt: wir wissen drum -
und fühlen tief, wie machtlos unsere Liebe,
die nichts, ach gar nichts helfen, lindern kann!
Und können nichts, als innig flehend bitten,
daß jener Wille, der so unerforschlich
euch jetzt den Weg durch dunkle Tiefen lenket -
daß er den Herzen Kraft und Glauben schenken möge,
um dennoch tief vertrauend diesen Weg zu gehen,
bis er hinauf zum Licht sich wieder wenden darf.

Schneeglöckchen

Im Garten, da schwingen
und klingen die Glöckchen,
auf hellgrünem Stühlchen
im schneeweißen Röckchen.

Und dort steht ein Grüppchen,
das läutet ganz kräftig:
ein lustiger Windbub,
der zaust es so heftig!

„Klingeling", sagt das eine
Und das andre „bim-baum",
Und das dritte, das bimmelt
Ganz leis nur im Traum.

Und was sie da klingen?
Ja, müßt ihr noch fragen?
„Es wird Frühling!
Wir dürfens schon sagen!"

Chilenisches Wiegenlied

Schlafe, Kind, schon weint das Meer -
Hörst du's rauschen von weit her:
Großes Meer von fern ...
Grollt es auch, es hat nicht Not:
Meer und Mensch gehören Gott;
Ob es wütet, ob es schwillt -
Gott ist's, der den Kummer stillt -
Über uns ein Stern.   *(Überliefert von C.L.)*

Nah ist die Nacht

Nah ist die Nacht.
In jedem Zweig erwacht
Die Dunkelheit.
In Dämmrung liegt der Sternenraum bereit
Und senkt sich still
Zum Tag hernieder, der sich neigen will.

Weit ist die Nacht.
Sieh dort der Tränen Perlensaum
Am Himmelsrande, wo der Tag sich neigt
Wie fernes Leid, wie ein vergangner Traum,
Der sanft in Violett hinunter steigt.

Siehst du die Nacht?
Du spürst das Dunkel schon
Und vieler Herzen banges Beben,
Fühlst leis die Sehnsucht sich erheben
Wie einen weichen, tiefen Ton,
Wie Flügelschlag durch unser Leben.

Still ist die Nacht,
Und Gottes Herz erwacht
Zum Trost bereit.
Und eingewoben noch in Dunkelheit
Spürst du - Engeln gleich - die Ewigkeit.

auf der rolltreppe am marienplatz

sie bringt mich nach unten
ich bewege mich nicht
ich werde bewegt
halte mich am handlauf fest
die menschen auf der anderen treppe
fahren rasch an mir vorbei
nach oben

unten angekommen
schaue ich zurück
das endlose hin und her
ist wie ohne sinn
die menge erschreckt mich
ich möchte fliehen

ich steige wieder ein
wie von fester hand geführt
da erblicke ich auf einmal gesichter
das heitere gesicht
eines alten mannes fällt mir auf
und möchte ihn fragen
was ihn trägt

ich fahre hinunter und wieder hinauf
vergesse die zeit
bin wie im rausch des sehens
des sehens von menschengesichtern
junge alte interessante
das gesicht einer frau eines kindes

das mädchen mit den großen goldenen ohrringen
strahlt lebensfreude aus
fröhliche gesichter sind selten
die meisten schauen eher mißmutig drein
sie vergessen glücklich zu sein

manchmal wird mein blick vorübergleiten
von der anderen seite erwidert
ganz deutlich
wenn auch nur ein paar augenblicke lang
das tut ein wenig gut

das fahren auf der rolltreppe
ist ein anderes geworden
ich sehe nicht die menge
die unverwechselbarkeit der gesichter
hat mich getroffen
jedes gesicht ist einmalig
wie der mitmensch der es trägt

meine bank

ich habe eine bank
eine eigentumsbank ohne miete ohne kaution
in einer lichtung im wald
ecke links - carolinengeräumt
traumlage zwischen sonne und schatten
zwischen gräsern blumen und bäumen

immer nimmt sie mich auf
meine erinnerung auch meine hoffnung
meine freude auch meine trauer

ANDREAS MEHRINGER

immer beschenkt sie mich
mit festen prozenten
aus ihrem grundkapital an stille
sie bucht mir nichts ab
mein konto auf dieser bank
ist unerschöpflich

wenn sie besetzt ist
gehe ich hin und sage
das ist meine bank
sie verstehen sofort
und sagen verzeihung
ich lade sie ein
zu bleiben
meine bank sei auch eure

geburtstag

schon achtzig - ist's wahr?
wohin sind sie entschwunden
die jahre
die jahrzehnte

ich bin noch das kind
im dorf der heimat
da ist erinnern
an kühe, schafe, hühner
an wiesen und wälder
das erinnern auch
an viel einsamkeit
an die mutter die früh starb

an kinderfreundschaft
an schulwege
an schulbänke
an das pult des lehrers
an mathematikschulaufgaben
an nicht erreichtes klassenziel

an die kleine stadt
geburtsort meiner kinder
an meine sechzig lausbuben
in der knabenschule dort
an die einberufung als soldat
an den wahnsinn krieg
und an sein ende
ich lebte noch

erinnern dann
an das waisenhaus
das wir neu bauen und gestalten durften
heller und wärmer
als das alte.

als kind wollt ich alles wissen ...

als kind wollt ich alles wissen
hab oft gefragt warum
du wirsts erfahren
sagte man
ich stehe noch da
wo ich stand als kind

ANDREAS MEHRINGER

ich weiß noch immer nicht warum
warum kinder leiden müssen
warum es neben dem wunderbaren
so viel schreckliches gibt
auf dieser welt

das ist mein wunsch für euch
für eine bessere welt
ein neues denken
in einer neuen zeit
mit mehr gerechtigkeit
mit mehr gemeinsamkeit

daß wärme schenkt der freund dem freund
daß jedes neugeborene kind
neu hoffen läßt

ich danke meinen weggenossen
habt dank ihr freunde
freut euch
so viel ihr euch nur freuen könnt
schaut auf die kinder
lernt von ihnen immer neu
fröhlich zu sein

der kleine spatz

kunstreise nach paris
rundblick vom eiffelturm
auf die weltstadt
wiedersehen mit bildern bildern

mit den wasserrosen des claude monet
vincent van gogh schaut mich an
und wieder fordert picasso mich heraus
das bild weinende frau
was ist der mensch

wiedersehen mit notre dame
im mystischen dunkel der kathedrale
wo ist licht
ich zünde eine kerze an

leben und treiben vor dem centre pompidou
die spatzen hüpfen um die tische
eine spatzenmutter füttert ihr junges
mit den bröseln von meinem sandwich

du bist wieder zuhause
an was denkst du
an das spätzlein
vor dem centre pompidou

kastanienknospe

achter dezember
nun blüht nichts mehr
im kalender steht maria empfängnis
aber schon glänzen die kastanienknospen
beginn der frohen botschaft

und schon glänzen
die kastanienknospen wieder
herzdunkelbraun

ich habe früher einmal
eine kastanienknospe geöffnet
ich entdeckte
eingehüllt in weiße watte
zart-hellgrüne
und herzdunkelbraune blätter
die blütenkerze
in miniatur
dreimal geschützt wie ein geheimnis

ich öffne keine kastanienknospe mehr
ihr leuchten genügt mir

freude

das kind neben der mutter
mir gegenüber in der s-bahn
lächelt mich an
schenkt mir sein lächeln
wie heißt du
leicht springt die antwort
aus dem kindergesicht

die freude ist da
wahrgenommen zu werden
die freude des kindes
und die meine
in diesem augenblick des geschehens
ich sag noch zur mutter
gratuliere

ein kind

ein kind
ist ein wunder
kommt von drüben
geht nach drüben
es braucht meine hand
meinen schutz
sonst nichts
ich muß nur
das wissen bewahren
daß es ein wunder ist

pfingstwiese

das wiesenschaumkraut
hat hundert kleinste weiße blüten
in dolden aufgefächert
der architekt hat rokoko als stil gewählt

und gräser lange hohe schöne
geben schutz den blumen
das feder- und das lieschgras
das knäuel- und das zittergras

pfingstwiese
wo ist sie denn
du findest sie
am tag des heiligen geistes
wenn du mitbringst
noch staunen können

wiese vor der ersten mahd
alle herrlichkeit auf erden
ist aufgegrünt und aufgeblüht
der farben und der formen fülle

gelb leuchtet der hahnenfuß
blau das vergißnichtmein
weiß das maßliebchen
im purpurroten klee

die erste hummel
saugt am kuckucksnelkenrot
der löwenzahn verblüht
in zarten samenkugeln

Der Autor: „*Nach dem ersten Sommersemester 1931 war ich so erschöpft,
daß ich zehn Tage allein sein mußte, um wieder zu Kräften zu kommen. Ich
fuhr in den Schwarzwald, um in einem einsamen Hotel nur zu schlafen, zu
essen und herumzubummeln. Da passierte es mir, daß plötzlich Verse da
waren.* "

I
Wie Lämmer, die zu Tale grasen,
so hängen Bäume dort am Hang,
sich drängend
und doch wiederum geruhig
dem Leitbock folgend,
der vorausgeeilt.
Die Sonne scheinet Abendfrieden
und leichter Wolken Glanz strahlt Heiterkeit.

II
Die Tannen stehn wie Pinguine,
die ihre Kümmerflügel hängen lassen
und traurig sind, weil Regen strömt.
Doch eine Wiese,
grün, und lustig buckelnd,
spricht ihnen tröstlich zu,
dieweil ein Bach, so hell wie junge Mädchen,
durch muntres Plaudern
sie erheitern will.
Ein schnelles Sonnenfleckchen endlich
macht sie beide lächeln.

III
Die dunkeln Berge rauchen weiß.
Wie Opfer steigt's.
Die schnellen Himmelswolken droben
empfangen's jubelnd.
Und die sanften weiten Matten
schau'n fromm hinauf.

IV
Der Himmel feiert.
Soeben noch hing Regendämmer
grau und schwer
hernieder.
Nun plötzlich loht der Himmel rings
in fahlem Schein
und fließt in rotem Gold,
das an den Rändern noch
durch dunkle Tannen
zaubrisch leuchtet.

Der Wind selbst steht ergriffen still,
und groß erhebt sich Staunen aus dem Tal.

V
Das Blau,
das mich durchs Grün der Bäume
von den Bergen fernher
grüßt,
ist tief und rein,
wie das in alten Kirchen
nach dem die Künstler lange suchten.

Es hält das Auge fest
und drängt den Geist
sich in den Mittelpunkt der Welt
zu sinnen.
Und spielend
löset alles Rätsel sich.

VI
Der Wald vor mir
hat einen Schleier umgehängt
aus hauchzartem
Wolkenmusselin.
Das Angesicht dahinter
bewegt sich offenbar.
Es kommt ein Kräuseln in den Schleier,
wie wenn Lippen schmollen.
Und jetzt mit eins
zieht eine unsichtbare Windhand
den Schleier fort.
O Wald, was hast du für ein schönes Antlitz!

VII
Ich schreite durch den Glanz des Mondes,
der über jenem Felsen steht
und über der dunkel ragenden Burg -
und bin glücklich.
Bin glücklich über den silbernen Schimmer,
in dem der Fluß zittert;
und über die Häuser,
aus denen Lampen leuchten
und über die Wiesen drüben,

die schweigend harren;
und über die Bäume,
die auf dem Hügel dort
gegen den matten Widerschein des Himmels stehn.
Und über der Sterne Heer,
das unwandelbar
und unbeschreiblich herrlich
strahlt.

„Inzwischen verlebte ich schöne Mußetage in einem behaglichen Garten-
haus, das am Wege nach Scheveningen gelege war und von dem aus ich
mehrfach ans Meer gewandelt bin. Wie hymnisch mir dabei manchmal (bei
allen Gedanken an einen möglichen nahen Tod) zumute war, zeigen Verse
aus den Tagen."

18. Mai 1940

Ich fühle mich so reich gesegnet,
daß ich mich, heiter wie ein Kind,
wenn mir das Letzte nun begegnet,
in Deinem milden Glanze find'.

Viel Liebe hast Du mir gegeben,
ja, Glück und Lust, aus reichem Quell.
Und bei des Geistes innigem Streben,
wie ward die Welt mir herrlich hell!

Was Kampf war, ist in Sinn verkläret,
was Mühsal, wurde groß und wahr.
Ob es nun endet, ob es währet,
wie bring ich gern mein Leben dar!

19. Mai 1940

Wie unvergänglich sie sind:
das Meer und die Sonne
und des Himmels Blau.
Dem Spiel der Wellen
mischen die farbigen Schatten sich,
und Symphonien von Licht
singen mich ein.
Wie fühle ich tief
die Harmonie mit dem Unendlichen!
Wie tief auch den Ruf,
all meine eigensten Kräfte
zu weihen
dem Bau des ewigen Reiches,
das aus Zerstörung und Tod
immer muß wachsen.
Innen ruht still die Gewißheit,
daß alles zum Sinn sich muß wenden,
das aus des Chaos Gewühl
singend der Kosmos sich formt.

Während seiner Emigration in Holland und Verhaftung durch die Gestapo teilte C.M. die Zelle mit einem holländischen Kameraden. Er war glücklich, Bücher entleihen zu dürfen, las Jungs „Psychologische Typen", Dantes „Göttliche Komödie" und Rilke. „*Nachts lag ich oft wach. Dann steigerte sich meine innere Geduld und Ergebenheit zu Zuständen innigster Erfülltheit und dankbarsten Hingegebenseins an das Leben, an die unendlich gütige Macht des Lebens. Dann kamen mir Verse wie die folgenden ...* ".

Du bist der Schlaf, du bist das Wachen,
Du bist der Tag und bist die Nacht.
Du bist das Weinen und das Lachen,
Du bist, der alles bringt und bracht -,
Du bist die Enge dieser Zelle
und bist doch so unendlich weit.
Du bist die ewige Sternenhelle,
die leuchtet über Raum und Zeit.

Während draußen Schicksal brauet,
unbewegt der Tag hier grauet.
Und wie Netze, die sie leeren,
stumme Fischer ziehn vorbei,
ziehn die Stunden hier, die leeren,
entlang den Zellen Reih für Reih.

Und so still ist er gekommen,
ist der Tag alsbald verglommen.
Doch in mir schwingt ein unaufhörlich Weben,
es steigt der Bilder, der Gedanken Flug.
Ach, was an Reichtum Menschen je gegeben,
die Hand des Lebens in mein Armsein trug.

Es ist wie eine Ernte, die mir reifet,
und fröhlich singend ziehn die Schnitter aus.
Des Lebens Macht, die mich umgreifet,
wie bin ich tief in ihr zu Haus!

Gedenkblatt für Wolfgang
Gefallen am 15. Januar 1940

Mein Junge, Du,
in dessen Leben keine leere Stelle war,
wie hab ich Dich geliebt!
Du hast als Kind mir jahrelang im Blut gelegen,
daß es in ihm sang und rauschte,
wenn ich Dein gedachte,
und daß es überwallte hoch,
wenn ich Dich sah, Dich an mich zog
und mit Dir ging und spielte.
Wir haben wie gespielt!
Wie warst Du unerschöpflich,
Dein Lebensreich zu bauen und zu weiten,
und noch die kleinsten, ärmsten Alltagsdinge,
sie glänzten golden,
wenn das helle Scheinen Deines Kindergeistes
auf sie fiel.
Und als die Jahre kamen, die uns trennten:
wie war die immer neue Gegenwart,
wenn Du erschienst,
Geschenk mir, Glück, ja Offenbarung.
Wie anders, als die meine
war die Welt, die Du Dir eigen machtest.
Du warst dem Bau der Wirklichkeit,
die sich dem Auge bietet,
auf der Spur.
Und mit wie frohem Zugriff
begannen Deine Hände stets aufs neue,
diese Wirklichkeit Dir zu gestalten!

In Deinem Ohr war Andacht.
Und mit bewegtem Herzen
hab ich Dich lauschen sehen
den Klängen,
draus große Meister einen Kosmos schufen.
Und auch Dein eig'nes Spiel
ward reiner stets und voller,
ein Spiegel deiner schlichten, hohen Seele.
Und wie war Deine Heiterkeit mir Labsal!
Dein muntres Plaudern,
Deine Lust an Scherzen
und, ach, Dein Lachen, das vom Grund des Herzens kam.
Und als die Grenzen zwischen uns zu Mauern wurden,
unübersteiglichen,
die uns den Austausch Aug in Aug verwehrten:
Doch hatt' ich teil
an der Entfaltung Deines jugendlichen Geistes,
der früh sein Ziel ins Auge faßte
und grad und sicher drauf zuging;
der voll von Plänen war
und voll von froher Zukunftshoffnung
und dochund doch der Arbeit, die der Tagrte,
ganz hingegeben.
Und wenn mir vieles,
was in Deiner Seele umging,
verschlossen blieb
(weil widerstrebend nur
das keusche Jünglingsherz
Dir in die Feder floß)
und drob ein leiser Kummer in mir nagte:
kein Hauch von Fremdheit war doch zwischen uns.

als wir die letzten Male beieinander weilten.
Und in das Dunkel des Gefangenseins
trugst Du mir noch das große, schöne Leuchten
der unverhofften Gegenwart,
das mich erhellte und erwärmte,
bis die Befreiung kam
durch Deine Hand.

Nun bist Du nicht mehr Sohn mir.
Dies erdenwarme, erdenfrohe Band
ist nun zerrissen.
Dein Wesen ging in seinen Ursprung ein
und ist vom Glanz der Ewigkeiten
angeschienen.
Zur Dir reicht unser Trauern
schon nicht mehr hin.

Was wir beweinen, bitterlich beweinen,
ist das Armsein,
das wir uns bereitet.
Uns haben wir durch Deinen frühen Tod beraubt.
Daß wir den wunderbaren Quell der Freude,
der Du warst,
dadurch, daß Krieg sein mußte,
zum Versiegen brachten;
daß wir Deinen Geist und Deine Hände,
die wo willig waren, zu bauen
und die bauen konnten
(da bauen doch so not tut wie nur je)
freventlich selbst zwangen,
bevor die Arbeit recht begann,
zur Ruhe zu gehen

(weil wir nicht Frieden halten konnten)
das ist es, was uns Tränen auspresst.

Drum sei Dir dies gelobt, mein Junge,
und sei der Dank,
den wir Dir bringen,
für alles, was Du uns gabst
(der einzige Dank, der deiner würdig ist):
wir wollen läutern uns und reifen,
daß die Kraft des Friedens
auf dieser Erde größer werde.
Ach, Menschen bleiben Menschen
und lassen nie, solang sie Erdenbürger sind,
zu ihrem Heil sich zwingen.
Und sie sollen's nicht.
Wir aber, die wir Dich geschaut,
die wir Dich liebten
und Dich lieben müssen bis zum Tode:
wir wollen eine Schar sein von Verschwor'nen.
Wir wollen läutern uns und reifen,
daß die Kraft des Friedens
auf dieser Erde größer werde.

10. Mai 1945: „ *Victory-day heute: Siegesfeier der Vereinten Nationen.
So recht ein Tag, sich auf das schwere Unglück der deutschen Geschichte
zu besinnen und auf das, was uns dies ungeheuerliche Schicksal sagen will.
Um Gottes Willen keine 'Sendung' konstruieren ... Und es ist unsere erste
Aufgabe, dies Schicksal zu bejahen.* "

31. Mai 1945: „ *Ist das nun Alter? Nein, es ist nicht Alter. Es ist Erfahrung.
Und insofern das Sammeln von Erfahrung Zeit braucht, hat es allerdings
mit dem Älterwerden zu schaffen. O, wie war mir der Nazismus in*

innerster Seele verhaßt. Diese engstirnige Versimpelung der Welt, die zu so
fluchwürdigen Mitteln der Herrschaft führte. "

14. Juli 1945   (Auszug)

Deutschland fiel zu Schutt und Staube,
weil Tyrannen-Übermut
es entehrt mit frechem Raube,
es getaucht in Haß und Blut.
Seiner Mannen Freiheitssehnen
ward erstickt im Sklaven-Joch,
und in einem Meer von Tränen
sank die kleinste Hoffnung noch.

Not auf allen Angesichten.
Sorge spricht aus jedem Blick.
Stumm der Mund von Sängern, Dichtern.
Bleiern lastet das Geschick.
Sühne muß der Schuldige leisten,
wenn die Schuld auch Schicksal war.
Wo Tyrannen sich erdreisten,
zahlt das Volk mit Elend - bar.

Nur in Freiheit kann sich regen,
was an Liebe in euch wohnt;
und nur Liebe kann euch hegen,
was sich fügt und was sich lohnt.
Nur aus dieser Zweiheit Samen
kann euch endlich Einheit blüh'n.
Und der Kinder segnend Amen
wird lobpreisen euer Müh'n.

Großstadtrevier

Der Stadtteil war für Zwangsvorstellungen
freigegeben worden,
und die Vorurteile wurden neu strukturiert.
Wir aber tanzten die Freiheit kopfüber
und entwickelten uns schnell
zu Vollbluttrinkern.

Nachts torkelten die Straßen,
es flunkerten die Bars.
Hinter bröckelnden Mauern
schliefen wir manchmal in einem warmen Verlies.

Kinder riefen am Morgen Wörter,
die lautlos im Himmel zerplatzten.

Augenweitende Ausblicke
in Hinterhöfe mit Rosen.
Üppige Frauen voll Lebensgier.

Wenn wir pleite waren,
wurden die Regale
in Geschäften abgefingert.
Oder wir formten den Durst
zu einer Figur von Trauer und Wahnsinn.

Gelegentlich kamen Polizisten,
menschliches Versagen hatte die Gesichter gerunzt,
dann holten sie einen von uns.

der ging barfuß über Kopfsteinpflaster
wie ein Adler mit gebrochenen Flügeln.

Aber kurz vorm Einschlafen
stürzte die Sonne in unsere Augen,
und die Wäsche im Hinterhof
wehte uns neue Horizonte
in den beduselten Schädel,
für die Freiheit von morgen.

Der Bettler

Inhaftiert
in die Spiegelungen
morbid gestylter Schaufenster
- Frühling, Hamburg, Jungfernstieg -
sitzt er da:
falten- und facettenreich,
von notorischem Charme
und spiegelt sich
im Bürgerkrieg der Schuhe.

Ihn hatten die Beschneidungen
der Ämter, Kirchen und Kloaken
zwar verstümmelt,
ihm aber ein Lachen gegeben,
das gegen die mitleidige Mimik
der Geber immer noch ankam.

Und er hatte 13-mal überlebt.

Im Irrlichtgewitter des Abends
werden Fenster und Pfennige blind.
Er hatte genommen
das, was ihm zufiel,
und - einen Traum ausbalancierend -
zog er die Wirklichkeit in Zweifel.

Bemitleidigt und verstümmelt,
aber eingedenk des Überlebens
sitzt er noch immer da:
schon eingekrümmt
und doch von verheerender Würde.

Seniorenwohnsitz

In ihren Wohnmulden
hocken sie wie Vögel
auf verlassenen Nestern.
Die Jahresringe legen sich
als Overalls aus Einsamkeit
um ihre Brust.

Im Herbstfall der Jahre
verwandelt sich der Duft der Dinge
in Gerüche aus nahen Gräbern.
Längst ist das Geschlecht ranzig geworden,
aber trächtig sind noch die Träume.

Vorbei an Zisternen der Angst
schleppen sie Wüsten
und Berge hinter sich her.

zu retten, was zu verklären ist.
Und der letzte Horizont
wird in eisiger Geometrie
lakonisch entworfen.

Was zählte denn?
Das, was du unter den Pflug gebracht hast?
Oder die Häutungen deiner Seele?

Alles sinkt ab,
selbst Erinnerungen stürzen ein.
Und das Leben gefriert
in froststarrender Weite.
Was bleibt und nie altert
- ist es Sehnsucht?

Sie hocken wie Vögel
in ihren Wohnmulden
auf zerbrochenen Gefühlen
und warten hinter blank geputzten Fenstern
auf die, die niemals kommen werden.

Männer kämpfen, Frauen siegen

I Männer häuten sich schneller,
treten aus ihren Körpern heraus
und erobern die Stadt.

Das aus der Erde gebrochene Erz
wird gedreht, geformt und gespalten
und bleibt doch ohne Gesicht.

NORBERT MIECK

In den Zeitungen
dehnen sich Wüstenlandschaften,
überfüllt mit Waffen und Wörtern,
doch immer ohne Stimme.

Autobahnen, Raumstationen,
Kontraste und Kasernenhof,
nichts bleibt ohne Grenzen
grenzenlos.

II Frauen halten die Erde,
legen sich auf ihre Wunden
und bergen mit ihrem Körper das Land.

An Wasserstellen
schöpfen sie Himmel
und geben Steinen und Pflanzen Namen und Gesicht.
Sie gehen durchs Feuer,
und alles, was Leben heißt,
wächst unter ihrer Berührung.

Der Durst ist heilbar geworden.
Und selbst das Schweigen
wird im Morgenlicht tanzbar gemacht.

III Männer stehen,
Frauen liegen,
Männer brechen,
Frauen biegen,
Männer kämpfen,
Frauen siegen.

Der Alte aus Schweden

Er sitzt vor dem Eisblumenfenster
und sieht durch die Dinge hindurch,
durch die Filter seines müd gewordenen Himmels
bis in den vogellosen Raum
und die sanfte Umdrehung der Welt.

Er nimmt seine Augen nach innen:
in fleckig gewordenen Spiegeln
geben Jahre hinter Jahren nach.
Schnittblumen, die kurz nach dem Urknall
aufbrandeten und verwelkten,
Bilder in Schraubzwingen und im Delir,
salzig gewordene Erinnerungen.
Und hinter verschatteten Zeiten
war einmal der erdige Duft einer Frau.
Der Rest ist schnell zusammengekehrt
und verliert sich in rostig gewordenen Wintern.

Jetzt nähert sich die Sonne schon dem Irdischen,
und er holt seine Wurzeln ein.
Sein bißchen Hoffnung spannt er in den leeren Weltraum,
ein kleines Segel hoch im Blau.

Nachts wühlt ein Maulwurf
seit einigen Tagen
im Pfosten seiner Haustür.

Vielleicht - wer weiß

So deprimierend ist das nicht,
Friedhöfe zu besuchen.
Das ist nicht nur
Lebensablenkung und Lustchloroform.
Geschlechterfriedhöfe zum Beispiel
erzählen illustre Geschichten.

Manchmal steht der Tod
plötzlich im Raum
und beugt sich über eine Calla
oder eine Chrysantheme
an einem Wintertag vielleicht mit Schnee.
Das ist doch feierlich. Da klirrt die Seele.
Schließlich bin ich dem Leben im Wort.

Ach über Gräbern flammt Morgenröte,
sie ist übrigens weiblich,
was neues Leben verheißt.
Und vielleicht wird die Eiche noch gepflanzt,
aus der die Bretter für meinen Sarg
gehobelt werden.
Wer weiß!

NORBERT MIECK

Ende des Sommers

Gebrechlicher Sommer -
die Luft geht auf Stelzen -
und unter den Schuhen bröckelt der Stein.

Der Himmel entfernt sich
aus rostroten Gärten -
die Gebete nehmen an Inbrunst zu.

Noch sitzen die Alten
im Schatten der Bäume -
doch längst schon gestützt vom Fährmann auf Zeit.

Es gab eine Liebe
im Fallwind der Stunden -
die sang wie das Wasser unter dem Eis.

Gebirgsfriedhof

Nur keine Trauermusik in h-Moll
und vorgestanzte Gebete.
Das Erde-zu-Erde-Gemurmel genügt.
Dann gebt mich zur Gruft in der Frühe
östlich der Sonne und westlich des Monds
und legt den Polarstern zu Füßen,
die Venus dicht übers Herz mir,
dann schaut mein noch nicht erloschnes Gesicht
auf die Höhen von Jotunheimen.

So laßt mich! - Nur in den Frühlingswettern,
wenn Schmelzwasser Land überflutet,
da achtet auf mich und anderen gut -
Schon bin dem Himmel ich näher als euch,
bald halte ich nur noch in Nebensätzen
bei Verwandten und Nachbarn und Freunden mich auf.

Hamburg-City

Als ob die Sonne über ihre Ufer träte:
unter dem Glasbruch des Himmels
ätzen sich Augen ins Licht.
Schuld kehrt in ihre Schatten zurück..

Turmgesäult stolzt die Stadt.
In den Straßen flanieren
ausgelieferte Gefühle.
Begehrlich bewegt sich die Agonie.

Im Schutz des Abends
lösen sich langsam
Gesichter auf.
Blicke verinseln.

Aus seiner Deckung
schlüpft der Mond
und kleckert über die Alster.

Julitag

Asphalt bricht auf
wie Lippen platzen.

Balkone des Himmels
begrenzen die Stadt.

Der Trinker hat barfuß
die Kneipe erreicht
und beginnt heut mit Cognac.

Alsterterrassen,
ein Crescendo von Stimmen.

Der Tagt verschwebt,
und der Abend vibriert
im Klang einer Kawasaki.

Poröse Zeit

Die neuen Computer-Priester
drücken sechsunddreißig tiefgründige Gefühle,
ohne mit der Wimper zu zucken,
zeitgleich und weltumspannend aus,
bis die Horizonte in ihren Scharnieren knirschen.

Lautlos dringen sie in freigeminte Welten ein,
zerstückeln Zeit und fressen Raum.
Gewaltig wölben sich ihre Blicke
bis in galaktische Nebel vor.

Schon lösen sich die Föhren
aus ihren Verankerungen,
und die Seen verlassen ihre Gründe.
Die Wörter verlieren ihre Bleibe
in den alten Bedeutungen -
Obdachlosigkeit der Sprache.
Wenig haltbar ist noch die Wahrheit.
Erinnerungen verdampfen.

Nur die Steine
erzählen noch eine Weile
ihre bemoosten Geschichten.

Abends auf der Terrasse

Die einen, scheinbar vom Leben gesättigt,
reden von den Heilquellen auf Ischia,
als gäbe es Manna aus spirituellem Mund.
Und dort drüben gestylt und mit Spiegelreflex
einer mit bayerischen Wanderstiefeln.
Da träumt es sich leicht
von der Eleganz italienischer Schuhe
und ihrem erotischen Charme.

Langsam zerfallen bei Grappa und Wein
lange gehütete Phantasien
und werden zu Fleisch und Flirt.
Hier ein Lachen und Leuchten
aus weit geöffneten Pupillen,
als hinge das Leben am seidenen Faden.

Und dort eine Todesgewißheit
in einem durchaus katholischen Gesicht.

Welchem Schicksal
sind die Leben unterworfen?

Ich ziehe mich zurück
in meine unberechenbare Freiheit
und überlasse mich
den Ablagerungen
meiner inneren Altäre.

Nach Tschernobyl

Nach Tschernobyl
ist die Zeit abschüssig geworden,
schrundig die Haut von Erde und Luft.
Verwirrungen lagern sich ab.
Die großen Gefühle verschlacken.

Löschpapier
hat die langen Zungen
Deutung und Dauer aufgesogen.

Ein neues Feeling bricht auf:
ungezähmt und hastig
wuchern Genuß und Ekstase.
Es brodeln die Nächte und Tage.
Das Heute gerinnt
zur letzten Chance.

Suchender Dichter

Nichts
kommt dem ungesättigten Hirn
gleicher als der suchende Dichter,
der aus Mangel an Muskeln
nur Laptops und Zettel bevölkert
und nachts alles wegwischt
wie Bierschaum von Bärten,
weil nicht mal 3 Wörter
Himmelfahrt haben
und der Rahmen fürs Bild
beim Berühren zerfällt.

Nichts
kommt dem ungesättigten Hirn
gleicher als der dürstende Dichter,
der trunken sein Lied singt,
als schrammte der Mond
in seinen Scharnieren.

Nichts,
Dichter, gelingt dir,
als Sterne zu Sternen zu formen.
Und der Beifall, du süchtiger Dichter,
den du dir selber verheißt,
muß sanfter ausfallen
als das Gewitter,
in dem der Donner dem kleinsten Blitz noch
höllisch, nicht höflich, applaudiert,
wenn überhaupt.

Irren ist Wahrheit

Die Warteschleifen ins Jenseits
sind länger geworden,
wenn auch bei kleinerer Rente.

Schon dehnt das Bewußtsein
seine Hohlräume aus
und der Himmel gleitet sanft
in seine endogene Depression.

Er aber steht am Fenster
und bewundert
das Aufbrechen der Erde
bei zunehmendem Mond.

Wartende Erde -
schon in die Textur
seiner Haut eingefaltet.

Alter - Nachgeburt des Lebens?
Er wohnt schon lang nicht mehr
in seinen Lenden,
und seine Hände gähnen.

Irren ist Wahrheit
in einem fremden Gewand.
Und noch immer mundet
ihm der Selbstgebrannte
aus süßen Multbeeren,
herbstens im Hochmoor gesammelt.

NORBERT MIECK

Transformation

Ich nehme mir abends ein bißchen Himmel,
das Stück zwischen Hochhäusern, Baumkronen, Schlöten
und lehne mich in eine Häuserwand.
Mein Blick trägt mich hoch und höher und höher
durch späte Stunden aus Zellophan,
die arktische Wasserzeichen tragen
und kurz vor der Berührung vergehn.

Ich nehme den Horizont einfach mit,
diesen ambulanten Gesellen.
Er hebt sich mit mir bis weit übers Zwielicht,
wo die Sonne sich schwärzt und der tiefe Raum
in Fahnen und Fetzen vorbeifliegt.
Ich lasse die Mondscherbe ziemlich links liegen,
durchdringe die Weiten und höre jetzt Töne,
die winken wie Maultrommeln von weit her.

Ich spüre ein feines Nervensystem,
das mich mit dem All vernetzt
und mit den Spiralnebeln um mich her.
Ich strömc hincin in die fernsten Sterne
und taste ihre Innenhaut.
Schon nisten in mir Planeten
und ich tauche meine Wurzeln in Lichtjahre ein.
Ortlos geworden bin ich geborgen
und weiß, daß die ganze Welt
sich ohne mich nicht mehr weiterdreht
und ich nichts mehr ohne sie.

Aufgehoben

Aufgehoben
in der ruhigen Bewegung der Jahre,
vertraut
mit der Wiederkehr von Ebbe und Flut,
geerdet
in Landschaft und Stadt
- sanft nur wechseln die Bilder -,
gelehnt auch an Chiffren
und ihre kyrillischen Schwestern,
bestelle ich meinen Garten,
des Frühlings und Herbstes gewiß.
Er gebiert, was immer gewesen
und niemals gewesen ist.

Bin ich ein Wahrnehmungsflüchtling,
wenn ich wegschaue,
wie der Vorverkauf des Himmels beginnt?
Hier ein paar Grundstücke für Psychonauten,
dort zwischen Polarstern und Großem Wagen
in Hanglage eine Mega-Techno-Klinik
und eine satte Nische für eine Couch
eines berühmten Psychotherapeuten
dicht an der Venus,
versteht sich.

Dann lieber zur Kenntnis nehmen,
daß meine Entwirklichung einsetzt
und ich meine Befindlichkeiten aus Menschen und Dingen
unmerklich zurücknehme.
Verschwinden im eigenen Leben.

NORBERT MIECK

Wenn da nicht immer und immer wieder
das Warten auf einen fremden Frühling wäre,
der von weither käme
und mich träfe.

Rotwein und Schlick vor restlosem Himmel

Im Blickgelände: restloser Himmel,
blaßhäutig und traumentleert.
Den jetzt mit frischem Schlick
bewerben,
damit die Abdrücke deiner verschleierten Hoffnung
Kennung bekommen,
dem Zwang des Vergessens entzogen,

und: die blanken Strände mit Rotwein
und Silber begießen,
damit das Salz deiner vagabundierenden Sehnsucht
Bild werden kann.

So vor die geschminkte Welt treten
und die Haut deines anderen Lebens
an den Horizont heften.
Warten auf Gegenlicht.

Bodenloses Land in einem Blick

Brüchiges Erinnerungsgehege
und Weißfrost auf zierlichen Bäumen,
besonders den Birken.
Welch ein Morgen
nach freigeschnittener Nacht!

Jetzt die Gefühle
von der Leine lassen
und dich fragen,
was du wirklich brauchst.

Vor allem abends
den Lampenschirm
um den kleinen Worthügel,
in dem ein Igel wühlt.

Und dann
das bodenlose Land
in einem Blick,
von allen Wettern gesegnet.

Was schmerzt dich denn noch?

Wandel

Blickst Du zurück auf den Wandel der Zeiten,
Auf Wege der Menschen, die Dich begleiten,
Schaust auch in Deinem eigenen Herzen,
Wie alle Freuden, wie alle Schmerzen
Wandel bewirken in Deinem Leben.
Willig dem ewigen Wandel ergeben,
Kann ja das L e b e n selber nicht halten,
will auferstehen in neuen Gestalten.
Darfst seinen quellenden Reichtum erschauen,
Darfst Dich dran freuen in tiefem Vertrauen,
Daß in den abertausend Gestalten
Ewig sinnvolle Kräfte walten.

Es gibt nur eine Leidenschaft,
die uns alle verbindet,
lieben, lieben mit einer Kraft,
die alles überwindet.

Elfriede Strnad

Herbst auf der Halde

Nun geistern lauernd graue Nebelschwaden
um herbstlich herb umhauchtes Land.
Schwer hat der späte Himmel sich beladen,
der eben noch in grauer Leere stand.

In Herbst und Nacht versinkt die dunkle Erde,
sie lächelt müde nach dem letzten Sturm.
Ein Geisterhauch entströmt der Nachtgebärde
und dunkler ragt als sonst der Förderturm.

Der Horizont erglüht von weißen Essen
und wälzt verfärbend sich in Blau und Rot,
der rauhe Herbst ist wirbelnd aufgesessen
und reitet über Rauch und Schlot.

Scheidender Tag

Allüberall -
auf weiten Wiesen,
fernen Feldern,
dämmernden Wäldern
liegt Ruh.

Auch der See
zu meinen Füßen,
in dem sich Wolken
lichtnahe grüßen,
trägt aus der Tiefe
scheidenden Tag
lockendem Abend zu.

Nur der Sonne
leuchtende Fährte
sendet von Westen güldener Spitzen
verhaltenen Glanz.

Du suchende Seele,
du pochendes Herz:
Bettet mein Haupt
zu leuchtender Perle
heimlichem Glanz
und gebt zu eigen mich
Göttlichem ganz.

Immer ...

Immer, wenn die Stunden tropfen,
von irgendwo die Winde wehn,
immer, wenn Tränen wie Regen
auf welke Blätter klopfen,
hör ich da draußen das Leben gehn.
Kürzt sich den langen, schweren Gang
mit Jammer und Not
oder vielleicht mit Gesang.

Schweigend verharrt die Welt um mich her,
der Abend so weit, versunken und schwer,
die Wände so stumm, das Wissen so nah,
wie einst, als ich jemanden sterben sah,
als mein Herz zu beben anfing,
ja, da hörte ich auch,
wie draußen das Leben ging ...

Abendfrieden am Rhein

So harrst du stumm in unbegrenzem Staunen
und trägst auf dunklen Flügeln dich.
Dir tönt ein nachtdurchwirktes Raunen
in deine Seele sanft und mütterlich.

Wie stille Tränen leis in Kelche tropfen
und lichterfüllt im weichen Glanze stehn,
so hörst du sacht in dir die Stille klopfen
und möchtest endlos weite Wege gehn.

Da drunten krönt der Abendfrieden sich.
Du fühlst dich jedem Lichte angebunden;
auch über dir, da suchen Sterne dich
in lichtertrunknen, vollen Runden.

Tausend Harfen sind dir jetzt geweiht.
Du stehst im Reich von Märchen und Legenden.
Die ganze Nacht, sie ist für dich bereit
und eine Fülle drängt sich zum Verschwenden.

Vermoosender Baum

Nasse heimliche Gewalt
kriecht kalt,
im Sommer wärmend, schwül,
gierig feucht an dir hinauf,
begehrlich dich grünend
an Stamm und Zweig
und Zweigeszweig,

Du bist nicht mehr,
du bist gewesen,
du warst ein Baum.

Grüne Schönheit Moos
bereitet liebend dir
samtenen Tod.

Schöne Einsamkeit

Ich habe heute die Sonne getrunken,
ich bin in dem Schoß der Freude versunken,
in ein Meer von Licht,
einer Woge voll Luft.
Ich spürte den ganzen,
den wonnigen Duft,
den Atem der Erde,
des Blühenden voll.
Ich wachte und träumte
und die Seligkeit quoll
aus dem Herzen mir heiß,
und ich sang, ach, ich sang
wovon niemand was weiß.
Wie ward meine Seele
so weit, ach, so weit -
in der zeitlos beglückenden
Einsamkeit.

Leben

Zu atmen den Duft
verborgener Blumen,
des rauhen Ackers
erdige Krumen;
von einer Sternenstraße
zur andern
alle Weiten
zu durchwandern;
die Tränen im Meer
der Leiden zu finden;

dem Lächeln der Liebe
Sträuße zu winden;
im Blick des Gefährten
sein Eignes erkennen;
auf schwindelnder Höhe
in Tiefen zu brennen,
die Arme breitend
sich hinzugeben,
- ist Leben!

Nordstrand

Koog hinterm Deich,
Weide und Feld,
meerumspült - Halligwelt!

Halm und Gras,
Muschel und Stein,
Wolke, Wind und Möwenschrei'n.

Frag nicht - wohin,
frag nicht - woher -
alles ist Abschied und Wiederkehr,
- kleine Zeit einer Ewigkeit
im Kommen und Gehn,
bei Ebbe und Flut.

Du liegst im Gras -
und alles ist gut.

Das Kind und die andern

Sie gehen vorbei,
vorbei an dem Kind,
dort auf den Matten, im Schatten,
eben geboren,
fast schon verloren.

Eine Hand voll Reis
für einen Tag,
eine Schale voll Milch
für einen Tag.

Es jammert im Stroh -
Ach so,
Ihr seid satt,
Euch schmeckt das Brot.
Wer hat, der hat
auch in der Not.

Aber wer bricht das Brot
für das Kind?

Keine Hand voll Reis,
keine Schale voll Milch.
Satte Leiber stehen im Licht
und sie sehen nicht
im Schatten
das Kind auf den Matten,
eben geboren - verloren.

Du und Du und Du erkläre:
Was wäre geschehen,
wenn in Bethlehem
das Kind gestorben wäre ...

Einweihung einer Bildungsstätte
(Victor-Gollancz-Haus für Jugendarbeit
in Reinbek am 4.10.1958)

Wir wollen, wenn wir künftig
über diese Schwelle treten,
unser Fragen neu in Worte fassen
und uns begegnen als Gefährten.
Laßt uns die unerschlossenen Kreise
mit dem Zirkel unseres Wollens
frisch auf das reine Blatt der Zukunft zeichnen
und gemeinsam um die Mitte unsres Strebens
mutig ringen.

Laßt uns hier zusammentragen,
was wir fragend wagen.

Wir wollen von dem Lärm die Stille scheiden.
Die Bäume rings dem Hause raunen
nur den Sinnenden und jenen,
die das Ungesagte lieben;
im Ungesagten ruht der Wahrheit
eigentlicher Rest.

Am runden Tisch,
dort mag sich Wort um Wort erproben,
dort mögen Geist und Verstand getrost
die Wege kreuzen und in der Helligkeit
der Wahrheitssuche stehn.

Und öffnet auch dem Frohsinn Tür und Tor,
vergeßt nur nicht das kleine Fünkchen Freude
und laßt es klingen in dem Haus!
Tragt Euer Herz hinein und laßt es
ringsum Heimat werden,
allen, die mit uns dienen diesem Werk,
die mit uns und neben uns
verbunden sind dem Wachsenden
und dem, was uns anheimgegeben.

Anna von Gierke
zum 60. Geburtstag 1934
aus England geschickt:

Wer Liebe sät ...

Saat hatte grün und weit
Fülle versprochen -
Früchte sind vor der Zeit
vom Baum gebrochen.

Griff Sturm so hart hinein,
daß wir es lernten:
unser soll Mühe sein?
Und - Gott gibt Ernten?

Aber wer Liebe sät,
Liebe, wo Not ist,
- wurde sein Feld gemäht,
weiß, daß kein Tod ist!

Jede Zerstörung rafft
nur, was verderblich.
Keim aus der Knospe Haft
reckt sich unsterblich.

Nichts vergeht, schenktest Du -
an allen Wegen
blüht es Dank, wächst Dir zu,
reift Dir entgegen.

EMMY WOLFF

Anna von Gierke
zum 80. Geburtstag
am 14. März 1954:

Wurdest kein ferner Schatten
im Gewesenen gefangen,

bist in zu viele Herzen
freundlich eingegangen,

weise, hilfreich und heiter
nun wie in früheren Tagen,

Widerschein, den wir weiter
ins Heut und Morgen tragen.

Hymnen an die Einsamkeit

I
Über deinem Scheitel
sprüht Gletscherblick.

Wolke, sie schweifte,
greifst du; hüllend umhängt
ihr Schnee dir die Schulter.

Maß ist
im Ruhm deiner Lenden;
federnder Aufstieg schwingt nach, -
zu Bergfernen
enzianblau bekränzt,
Erhabene.

II
Wenn aber der Mond
nächtlich
goldreifenden Herbst
über dem süßen Tal der Stille
gespannt hat,
weißt du klingend
bräunlichen Geigenton
fern aus sternsicherem Bogen
wandeln zu lassen,
o Liebliche du.

III
Im schwarzen Strom deines Haars
funkeln der Menschheit
ungeweinte Tränen;
dumpf murmelnd erstickt in ihm
seliges Geflüster
der Liebenden.

Abgründig düstern die Brunnen
buscht sich Nachtschatten,
wo Tollkirschen giftig,
unheilvolle,
deine dunkle Versunkenheit
umröten.

IV
Göttliche!
Menschengeschlechter
erntest du grausam zur Speise dir;
unerbittlich zermalmt sie
dein hartverstummter
felsenlippiger Mund,
- aller Tage Ende.

Einmal nur,
einmal in jeder Ewigkeit birst
nach tausendfacher Qual,
- volle Frucht, alleinend uns, -
heilig aus umschattetem Schoße
dir das Werk.

Athene
Vor einem griechischen Bildwerk

Wie schenken kindliche Madonnen
blühender Liebe Überfluß!
Erquellende, wie Bergesbronnen,
geädert von den Morgensonnen,
ja, selber Frühlicht, das in Wonnen
erglühn und sich vergeuden muß.

Und andre stehn, in Leid versponnen,
sind ohne Laut und ohne Schritt.
Sie schienen Stein, wenn nicht versonnen
ihr Blick den Himmel sich gewonnen,
indes den glutverzehrten Nonnen
das Diesseits aus den Händen glitt.

Du aber schreitest stillverhalten
von Inbrunst hin zu Kindlichkeit,
neigst Dich den lieblichen Gestalten
sehr leise zu, und den Gewalten
der andern wehren sacht die Falten
im sanften Fall von deinem Kleid.

Du bist nicht kühler als die Schwanken,
die Schmerzbetörten, doch: Du weißt!
Auf Deiner Stirne ruhn Gedanken,
die Deine wachen Blicke tranken
aus Funken, die von oben sanken,
darin der Glanz der Sterne kreist.

Die Erde ist in Deinem Schreiten
das lichte Leben und - der Tod.
Du bist das Lied, das aus den Zeiten
erklingend formt die Ewigkeiten!
Du kamst, für uns den Weg bereiten,
den streng die Einsamkeit umloht.

Nach einem Jugendfest

In den Frühlingstag, -
bunt und lachend - viele Stimmen sprangen
mit dem Flügelschlag
junger Vögel. Stiegen und verklangen.

Funken blendeten,
sprühten auf in glutbereiten Herzen,
fielen, endeten ....
Lärm durchschnitt die Nacht. Nicht Schein, noch Kerzen.

Fluß, da klang dein Schritt
Diamanten seine Sternenweise
und das Dunkel glitt
weich in deine schimmernden Geleise.

In den Wind verlor
flatternd sich der wirre Sang der Horden;
voll aus dir hervor
quoll es in gelösten Grundakkorden.

Nachts in einer fremden Stadt

Hallt mein Tritt so sonderbar
vom Pflaster auf.
Feinstrahlig blinkt - wie Silberhaar -
ein Wässerchen mit Plätscherlaut
zum Brunnentrog.
Die Stille rieselt so.

Die Häuserherde schläft verduckt,
Laterne blinzt.
Durch hohe Kirchenfenster zuckt
Gestirn herab, unirdisch wach!
Ein Schrei zerklirrt
im Finstern irgendwo ...

Steinallein ein Kiesel träumt,
versprengt, verrollt, werweißwoher.
Ein Fädchen Sternsicht sinkt und säumt
ihn ein. Vom kühlen Duftbaum schäumt
der samtne Wind.
Nun ruht auch er
und rieselt so
- und schweigt.

Sonett

Oh, wär' ich Erde! Braun im Tageslicht,
und stark und schwellend. Und zum Abend hin
ganz leicht verschleiert. Daß der wunde Sinn
der Menschen immer bei mir Ruhe fände.

Oh, daß ich löschen könnte ihre Brände
und Stille um sie schlagen - zauberhaft;
die Stille, die gesegnet ist mit Kraft,
an der die Unrast splittert und zerbricht.

Ich wollte die gefurchten Stirnen glätten,
wollte die Müden von sich selbst befrein,
abstreifen ihre selbstgeschaffnen Ketten!

Und bräche ihre trübste Nacht herein:
Ich nähme sie, ich wüßte sie zu betten,
- und Gottes Atem sollte um sie sein.

Vorfrühling

Leise tropfend, - höre -,
fast verweht, kaum gelöst,
über dem Grunde
auf zartgläserner Tage
immer helleren Saiten
des Erwachens Lächeln
schluchzend hingespielt,
halblaut ....

Wir auch, seligwund,
noch aus Drang, kaum gelöst,
- golden besaitet -
klingen mit ein;
- aus uns tönend
pochender Quellen Dunkellaut,
fliehender Schmelze Fall:
Werden ....!

Kartoffelfeuer

Der Sommer muß verglimmen
in glühem Feuerfaden,
wie schon die grauen Schwaden
gefräßig ihn umschwimmen!

Mit einem trocknen Klingen
- im warmen Schoß der Schollen -
verkohlte Schalen springen
von gar geglühten Knollen.

Der rauhe Ruch des Brandes
zieht über müde Koppeln,
deckt Duft und Leib des Landes
und raschelt in den Stoppeln,

wo sich die Abenddünste
in seine Wolken mischen,
um alle Farbenkünste
des Tages auszuwischen.

Hört Ihr, wie es im Schauern
des Abends flüstert: kommt!
Seht Ihr den Jäger lauern?
- Der Sommertag verglomm ....

Terzinen
(Für Ricarda Huch)

Die wir im Flimmerspiel von Seifenblasen,
in schlanker Spur von steigenden Raketen,
im Irrlichtschwelen über feuchtem Rasen

uns jung und freudig in das Weltall wehten, -
wir fielen, wenn wir deine Verse lasen,
in Dunkel vor den goldenen Gebeten.

Hier sahn wir Brand und Glut nicht nur verflammen,
nicht Wetterleuchten in gezacktem Strahle:
hier fügte Schmiedefeuer fest zusammen

den edlen Stoff zu feingeformter Schale.
Rubinenrot, hielt sie dein Blut. Und schwammen
nicht Rosenblütenblätter auf dem Grale?

Und krausten sich nicht, wie verwegne Ranken,
wenn sie der Wurzeln Umkreis überschritten,
daraus hervor die suchenden Gedanken?

Aufströmend klärte sich in dem geweihten,
dem Zauberbecher, das Gefühl! Wir tranken
dürstend aus ihm uns tausend Seligkeiten!

Tänzerin

Du ludest uns zu königlichem Feste!
Uns entschwand der Erde wo und wann.
Wir staunten in kristallene Paläste:
Dein Tanz begann
so leicht mit einer spielerischen Geste,
einem Federn von Gelenk und Spann.

Da sprang der Töne zarte Arabeske,
da bog Musik ein wildes Ornament,
und es wuchs, erhöhte sich zur Freske,
- losch zurück ins Element ...
bis ein Sturm es peitschend ins Groteske
wieder aufriß, daß es wirbelnd brennt!

Wiegst du dich in Lust, in tollem Tanze?
Bist uns zugeweht, von Sternen her?
Scheinend stehst du nun - ein Firn - im Glanze!
- Nieder bangen schwer
deine Glieder, ahnen Keim und Pflanze,
geben sich und fühlen sich nicht mehr;
hold flicht Vollendung sich zu schwerem Kranze!

Abschied und Wandlung

Nachsinnend spür ich im Feiern der Tage
das ew'ge Gesetz der Verwandlung,
der Wandlung vom Sandkorn zum festen Erdreich,
zum tragenden Grunde.

Einmal hingeweht vom Schicksal
an einen sonnigen Platz,
doch immer auch preisgegeben lockerndem Windstoß
und sanften und trutzigen Wettern,
bin ich mit euch nun nicht mehr
oben da liegender Staub.
Nein, eng verschwistert mit denen,
die vor uns da lagen und wirkten,
sind wir Geschichte geworden,
Geschichte unseres Denkens und Trachtens,
Träger derer, die nach uns kommen,
glücklich im ruhigen Erwarten des Folgenden,
heimatlich froh den Früheren gesellt,
denen mein Dank gilt.

Nicht mehr der tägliche Wechsel von Morgen und Mittag,
das Kommen und Geh'n der Parteien.
Nur das Gottesgericht einer Spaltung der Erde
kann uns erschüttern.
Möge es uns und die Unsern verschonen.

„Im Augenblick, wo eine Dichtung auf einen intelligenten und selbständigen Leser strößt, entsteht sofort Neues und Lebendiges: die Eigenart und Bilderwelt des Dichters geht mit Charakter und Assoziationswelt des Lesers Verbindungen und Mischungen ein, und ich bin oft bei Beurteilern meiner Sachen auf Deutungen gestoßen, an die ich beim Schreiben nie gedacht hätte, und die dennoch völlig zulässig und legitim sind. "

„Alle Lyrik ist Spiegelung der Welt im vereinzelten Ich, Antwort des Ich auf die Welt, ist Klage, Besinnung und Spiel einer ganz und gar bewußt gewordenen Vereinsamung. "

„Es kommt bei einem Gedicht nicht darauf an, ob der Dichter seine gute Laune oder seine Verzweiflung mitteilt sondern einzig darauf, ob er das, was Inhalt seines Gedichts ist, wirklich hat sagen und gestalten können. "

(Aus: Hermann Hesse Lektüre für Minuten, Gedanken aus seinen Büchern und Briefen. Frankfurt a.M. 1981 - Ziff. 880, 931, 934.)

Luise Besser

Geboren 12.4.1889 (Haldensleben), gestorben 14.9.1982 (Hamburg).

L.B. wurde nach Lehrerinnenseminar in Wolfenbüttel und Examen 1909
Lehrerin und studierte ab 1913 in Göttingen und Berlin Geschichte,
Deutsch, Theologie und Philosophie. Während des Ersten Weltkrieges lehrte
sie am Knabengymnasium in Neuhaldensleben, brachte danach ihr Studium
zu Ende und unterrichtete schließlich am Sozialpädagogischen Seminar des
„Vereins Juendheim e.V." in Berlin-Charlottenburg unter der Leitung von
Anna von Gierke. Von 1925 bis 1945 leitete L.B. die Soziale Frauenschule
in Breslau, war von 1928 bis 1931 auch Vorsitzende des LV Schlesien des
Deutschen Verbandes der Sozialbeamtinnen und von 1920 bis 1933 dessen
Vorsitzende auf Reichsebene.

Nach Ausweisung aus Schlesien 1946 fand sie vorübergehend Unterkunft in
einem westfälischen Dorf, wurde 1947 an das Fröbelseminar in Hamburg
berufen, wirkte hier an der Seite von Conradine Lück und übernahm nach
deren Ausscheiden 1948 die Leitung. L.B. war - neben Herman Nohl - die
treibende Kraft zur Neugründung des 1938 aufgelösten Deutschen Fröbel-
Verbandes unter dem neuen Namen „Pestalozzi-Fröbel-Verband" (PFV) im
März 1948. Im September 1954 trat L.B. in den Ruhestand; 1959 wurde ihr
das Große Verdienstkreuz des Verdienstordens der Bundesrepulbik
Deutschland verliehen. Es war ihr vergönnt, jeweils an ihren runden Ge-
burtstagen als Ehrenvoirsitzende des PFV und Gründerin vieler örtlicher
Initiativen der Kinder-und Jugendhilfe feierliche Ehrungen zu erleben.

Literatur
Ausgewählte Beiträge von L.B.:
*Die Bedeutung der praktischen Erfahrung für die unterrichtende Jugend-
leiterin.* In: Kindergarten, H. 12/1926, S. 285 ff.
*Die Eltern und die Erziehung der Kleinkinder. Bedürfnisse des Kindes der
verschiedenen Altersstufen.* In: AGJ-Mitt. 25/1958, S. 24 ff.
Wingerath, E./Ernst, U.: *Luise Besser. Ein Zwiegespräch zu ihrem 80. Ge-
burtstag.* In: Blätter des PFV, H. 2/1969, S. 50/51
Über L.B.: Thorun, Walter: „*... geht kein Weg zurück."* Luise Besser - aus
ihren Briefen und Bekenntnissen. Eigenverlag Thorun
Reinicke, Peter: *Luise Besser* (Biographie). In: Who is who der Sozialen
Arbeit. Freiburg i.Br., S. 82-83

Gustav Buchhierl

Geboren 19.9.1902 (Paris), gestorben 6.1.1984 (Berlin)

G.B. wuchs in Trostberg/Alz auf und ging 1907-1915 in München zur
Simultanschule. In 3jähriger Lehrzeit wurde er nach Familienbrauch in
7. Generation Damenschneider. 1919 schloß er sich der „Freien Sozialistischen Jugend" an und zog 1922 mit gleichgesinnten Handwerksburschen
„auf die Walz" bis ins Rheinische. 1923 nach Berlin gekommen, fand er
Kontakt zu Gruppen der bündischen und sozialistischen Jugendbewegung.
Er beteiligte sich an der „Altershilfe der Jugend".

Durch Bekanntschaft mit der Fürsorgerin Edith Rosenthal (*1908; Heirat
1924) entschloß er sich zum Berufswechsel und absolvierte bis 1925 die
Ausbildung zum Jugendwohlfahrtspfleger am Seminar der Deutschen Hochschule für Politik (Leitung Carl Mennicke). Er wählte eine Praktikanten-
stelle im Arbeiterbezirk Friedrichshain und blieb dort nach staatl. Anerkennung (1927) bis 1945 in der Jugendfürsorge tätig, 5 Jahre als Ltd. Fürsorger.
1925 gehörte er zu den Gründern der *Gilde Soziale Arbeit* und war Schriftleiter des „Gilde-Rundbriefs", an dem er nach 1946 erneut redaktionell mit-
wirkte.

1945 wurde er wegen NSV/NSDAP-Mitgliedschaft (seit 1949) aus dem Amt
entlassen, zum Zimmermann umgeschult und nach 4 Jahren auf dem Bau
rehabilitiert; Rückkehr als Magistratsangestellter in die Sozialarbeit. Ab
1953 wieder beamtet, 1955-1960 Leiter des Jugendhofs in Berlin-
Schlachtensee, dann versetzt in das Landesjugendamt als Leiter des Referats
„Öffentliche Erziehung und Heimaufsicht". 1966 Ltd. Sozialdirektor, 1967
nach 43 Dienstjahren pensioniert, aber weiter ehrenamtlich tätig (u.a. für die
Victor-Gollancz-Stiftung).

Privat hatte G.B. seit dem entscheidenden Wechsel nach Berlin starke litera-
rische Interessen (Lektüre: Tolstoi, Dostojewskij, Gorki; Zola, Barbussse;

Björnson, Strindberg, Hamsum; H. Mann, A. Zweig, Feuchtwanger, Döblin). Er hinterließ (vor allem aus den Jahren 1923-1934) zahlreiche Gedichte, Manuskripte von kurzen Erzählungen, Vorarbeiten für ein Thomas Münzer-Schauspiel, einen pazifistisch getönten Nachkriegsroman (lag 1933 durch Vermittlung von Justus Ehrardt dem Berliner Malik-Verlag vor; bei dessen Auflösung durch die Gestapo nicht entdeckt), entwicklungspsychologische Erinnerungen „Meine Kinderjahre in Trostberg und München bis 1913", auch Tagebücher aus den Jahren 1942 und 1945 (das Kriegsende in Berlin).

Literatur
Ausgewählte Beiträge von G.B.:
Arbeiten des großstädtischen Jugendamtes. In: Das junge Deutschland, 1930, H. 2 / *Zur Reform der Fürsorgeerziehung.* Ebenda, 1930, H. 3 / *Jugendbewegung und Soziale Arbeit.* In: Kindt, Werner (Hrsg.) *Dokumentation der Jugendbewegung.* Bd. III, Köln-Düsseldorf, 1975. / *Teil eines Lebenslaufes.* In: Rundbrief Gilde Soziale Arbeit, Nr. 1-2, 1981. Über G.B. in: Thorun, Walter, *Reformprojekt Soziale Arbeit. 75 Jahre Gilde Soziale Arbeit,* Münster, 2000.

Justus Ehrhardt
Geboren 3.8.1901 (Berlin), gefallen 7.7.1944 (Rußland)

J.E. gehörte mit Leidenschaft der bündischen Jugendbewegung, dem Wandervogel, an. Angeregt von dem 1924 in Kraft getretenen Reichsjugendwohlfahtsgesetz und erfüllt von den Impulsen sozialer Erneuerung schloß er sich mit einigen Freunden 1924 der Gruppe um Carl (genannt: Carolus) Mennicke an und wurde mit ihnen dessen Schüler am Sozialpolitischen Seminar (Wohlfahrtsschule) an der Hochschule für Politik, Berlin. Mit Abschluß der Ausbildung zum Jugendwohlfahrtspfleger 1925 wurde J.E. in Berlin - zusammen mit Max Martin, Gustav Buchhierl u.a. - Mitbegründer der *Gilde Soziale Arbeit.*

J.B. war immer auch publizistisch tätig. Er veröffentlichte viele Beiträge in der bündischen Zeitschrift „Zwiespruch" und in dem Organ des Reichsausschusses der deutschen Jugendverbände „Das junge Deutschland". Sein Buch „Straßen ohne Ende" (Wien/Berlin 1931) beschreibt das Ausmaß großstädtischer Jugendnot und erregte damals Aufsehen. Er war bis 1928 Erzieher in der Erziehungsanstalt „Lindenhof" in Berlin-Lichtenberg und anschließend bis 1933 leitender Fürsorger bei der Fürsorgeerziehungsbehörde (Landesjugendamt) in Berlin. Mit seinen Freunden kämpfte J.E. in der *Gilde Soziale Arbeit* und in anderen Gremien während der 20er Jahre leidenschaftlich für Verbesserungen der damaligen Anstaltserziehung - für deren Reform zu einer pädagogischen Einrichtung Öffentlicher Erziehung und überhaupt für die Verwirklichung des Erziehungsgedankens in der Sozialarbeit und im Jugendstrafvollzug.

Literatur
Straßen ohne Ende. Berlin/Wien 1931
Jugendhelfer aus der Jugend. In: Das Junge Deutschland, H. 8/1927, S. 388 ff.
Die Jugendbewegung in der sozialen Arbeit. A.a.O. H. 2/1930, S. 96 ff.

Herbert Enderwitz
Geboren 1906 in Habelschwerdt in Schlesien

H.E. studierte Geschichte, Deutsch und Englisch. Er wurde Studienrat, später Leiter eines Gymnasiums, zuletzt Oberschulrat für die Gymnasien und die Gesamtschulen der Stadt Frankfurt am Main. Daneben war er ehrenamtlich tätig, vor allem in der Gewerkschaft Erziehung und Wissenschaft (GEW) und im Fernsehrat des Zweiten Deutschen Fernsehens. Die Gesamtschulentwicklung in Hessen ist untrennbar mit dem Namen Herbert Enderwitz verbunden.

Schon in frühen Jahren machte er sich Gedanken über eine veränderte Schule. Über Jahrzehnte war er handelnd und kritisch wägend in der nationalen und internationalen Bildungsbewegung aktiv. Neben den schulischen Belangen erkannte er zu zugleich auch die Bedeutung sozialpädagogischer Bestrebungen, insbesondere im Blick auf Ausbildung, Fortbildung und Berufspolitik. In vielen Jahren seines Ruhestandes war er als GEW-Vertreter Mitglied in dem Fachausschuß „Sozialberufe" beim Deutschen Verein für öffentliche und private Fürsorge, Frankfurt am Main.

Das Ergebnis seiner Erfahrungen und Überlegungen war das Buch „Weltweite Bildungsreform - Möglichkeiten einer realen Utopie" (1983). Es formten sich in ihm, für ihn selbst überraschend - Worte und Bilder, die seiner Lebenserfahrung und Lebensschau Ausdruck gaben. Im Alter von 93 Jahren schrieb er das unten genannte Werk „Grundlagen einer Philosophie ...". Schließlich entstand der Zyklus „Zu leben wagen" (Eigenverlag H. Enderwitz), aus dem wir hier einige Gedichte übernommen haben.

Literatur
Wir Kinder der Evolution. Die unvollendete Menschwerdung. Dokumente und Analysen zur Zeitgeschichte, Bd. 3. Veröffentlichung der Max Träger-Stiftung 1996, Weinheim.
Grundlagen einer Philosophie des Diesseits. Überlegungen zur Herkunft und Zukunft des Menschen. Dokumente und Analysen zur Zeitgeschichte, Bd. 5. Veröffentlichung der Max Träger-Stiftung 2000, Weinheim.
Zu leben wagen. Gedichte. Eigenverlag 1986 (daraus wurden entnommen die Gedichte auf den Seiten 15, 17, 27, 39).

Ricarda Huch

Geboren am 18.7.1864 (Braunschweig), gestorben 17.11.1947 (Schönberg/Taunus).

Die Dichterin Ricarda Huch, wenngleich nicht der pädagogisch geprägten Autorengruppe dieser Anthologie zugehörend, wurde dennoch mit einbezogen, weil sie der großartigen Impulsgeberin der Sozialpädagogik, Gertrud Bäumer (1873-1954) freundschaftlich verbunden war. In dem Nachlass von Luise Besser fanden wir dieses eine Gedicht - „Begegnungen" - das Ricarda Huch ihrer Freundin Gertrud Bäumer zum 70. Geburtstag gewidmet hat.

Die Gedichte, autobiographisch geprägten Romane sowie die Skizzen der Dichterin R.H. gehören der Neuromantik an; daneben schrieb sie Dramen und Erzählungen. Mit dem ideengeschichtlichen Werk „Die Romantik" (1899-1902) trug sie zur Wiederentdeckung dieser Epoche bei. In ihrer Hinwendung zur Geschichte brachte sie u.a. hervor: „Die Geschichten von Garibaldi", „Der große Krieg in Deutschland". Ihr Wirken umfaßte neben Lyrik, Erzählungen und Erinnerungen auch religiöse und philosophische Schriften („Entpersönlichung", „Urphänomene"). Ricarda Huch war eine mutige Gegnerin des NS-Regimes.

Gisela Konopka
Geboren 11.2.1910 (Berlin)

Die jüdische Familie Konopka lebte in Berlin mit Hilfe eines kleinen Ladens in bescheidenen Verhältnissen. Gisela besuchte das Gymnasium, legte 1928 das Abitur ab und schloss sich der Sozialistischen Arbeiterjugend an. Gegen den Willen ihrer Eltern ging sie nach Hamburg, wurde 1928/29 Arbeiterin in einer Fabrik, war aktiv in der Gewerkschaftsbewegung und im Internationalen Sozialistischen Kampfbund. 1930 begann sie ein Studium an der Universität Hamburg (Philosophie und Pädagogik, insbes. Sozialpädagogik). Während der Semesterferien praktizierte sie in der Hamburger Heimerziehung.

1933 bestand sie ihr Lehrerinnenexamen, jedoch blieb ihr als Jüdin der Schuldienst versagt. 1936 wurde G.K. vorübergehend von der Gestapo im Konzentrationslager Hamburg-Fuhlsbüttel inhaftiert. Nach der Entlassung reiste sie nach Berlin, wo ihre Mutter nach dem Tod des Vaters allein lebte. Es gelang ihr, der Mutter zur Ausreise zu verhelfen, selbst über die Tschechoslowakei und Österreich nach Frankreich zu flüchten und über Lissabon per Schiff in die Vereinigten Staaten zu emigrieren.

Nach Heirat mit ihrem Freund Paul und nach Studium für Social Work an der Universität Pittsburg/Pennsylvania (1941-43) legte sie ihren Master in Social Service Administration ab und erhielt eine Stelle an der Child Guidance-Clinic in Pittsburgh, wo sie von 1943-47 als Social Group Worker in der Psychiatrie arbeitete. Weitere Stationen: 1947 Pofessorin für Social Work an der Universität Minneapolis und Gründung eines wissenschaftlichen Zentrums für Jugendentwicklung und Jugendforschung; 1957 Doctor of Social Welfare an der Columbia Universität New York; 1978 Emeritierung. In den 50er und 60er Jahren wirkte G.K. in Fortbildungsveranstaltungen in Berlin, Hamburg, Bremen, Erlangen, Frankfurt a.M. u. Köln; 1975 wurde ihr das Bundesverdienstkreuz 1. Klasse verliehen G.K. lebt in den USA.

BIOGRAPHISCHER ANANG

Literatur:

Gruppenarbeit im Heim. Wiesbaden 1964.

Soziale Gruppenarbeit, in: Friedländer, W./Pfaffenberger, H. (Hrsg.):
Grundbegriffe und Methoden der Sozialarbeit. Neuwied u. Berlin 1969.

Heime - Lückenbüßer oder Lebens-Chance. Wiesbaden 1971.

Pongratz, Ludwig J (Hrsg.): *Pädagogik in Selbstdarstellungen,* darin: Gisela
Konopka S. 207-230 (mit Verzeichnis ihrer sämtlichen Veröffentlichungen).

Wieler, J./Zeller, S. (Hrsg.): Emigrierte Sozialarbeit. Portraits vertriebener
SozialarbeiterInnen, Freiburg i.br. 1995, darin: Gisela Konopka, S. 202-210.

*Mit Mut und Liebe. Eine Jugend im Kampf gegen Ungerechtigkeit und
Terror.* Weinheim 1996.
Daraus wurden für diese Anthologie die Gedichte auf den Seiten 106, 145,
162/163, 164, 177, 212, 237, 256, entnommen (siehe Danksagung S. 7)
Ein „Klassiker" unter ihren Veröffentlichungen ist das 1963 in Weinheim
publizierte Standartwerk „*Soziale Gruppenarbeit: ein helfender Prozeß",*
dessen 6. Auflage 1996 als Reprint erschienen ist.

Gerd Krollpfeifer

Seine Gedichte fanden wir in den „Blättern des Pestalozzi-Fröbel-
Verbandes", und zwar: Jg. 1956, S. 36, 69; Jg. 1957, S. 133; Jg. 1958, S.
150. Leider blieben alle Versuche, Näheres über ihn zu erfahren, ohne Er-
folg. Der Name Krollpfeiffer war - beispielsweise in Hamburg - zwar mehrfach telefonisch zu ermitteln, jedoch war allen Adressaten der Name „Gerd
Krollpfeiffer" unbekannt. Es ist zu vermuten, daß er pädagogisch tätig war
und in den 50er Jahren - vielleicht als Lehrer - Verbindung zum Pestalozzi-
Fröbel-Verband oder dessen Verbandszeitschrift hatte. Die Liebe zu seinem
kleinen Sohne hatte ihn offenbar derart angeregt und beflügelt, daß er ihm in
dieser Zeitschrift seine Gedichte widmete.

Es wäre zu wünschen, daß über irgendeinen Leser dieser Gedichtsammlung
ein Weg zu der Person Gerd Krollpfeiffer gefunden und insofern dieser bio-
graphische Anhang vervollständigt werden könnte.

Marie-Anne Kuntze

Geboren 24.5.1881 (Münster), gestorben 16.12.1970 (Hildesheim)

Bereits mit 15 Jahren begann die besonders begabte Schülerin M.-A.K. in
Hildesheim mit dem Studium am Lehrerinnenseminar. Nach dem Examen
als Lehrerin an höheren und mittleren Schulen war sie längere Zeit Erziehe-
rin in England und Frankreich und Lehrerin an deutschen Privatschulen.
Nach dem humanistischen Abitur studierte sie Germanistik, Romanistik,
Philosophie und promovierte 1915 nach dem Oberlehrerinnenexamen in
Marburg, besonders gefördert durch Paul Notorp.
1914-1923 Lehrtätigkeit am Lyzeum mit Frauenschule, Kindergarten und
Kindergärtnerinnenseminar in Kreuznach. Sie war - nach eigenen Worten -
bestrebt, „Klarheit über all diese Srömungen, über Gaudig, Kerschensteiner,
Oestreich, Lietz, Montessori ... zu gewinnen" und gleichzeitig ihr „Fröbel-
bild auf seine Richtigkeit zu prüfen". Sie hospitierte in Leipzig, Hamburg
und Berlin, trieb Fröbelstudien in den Archiven zu Keilhau und Berlin sowie
beim Fröbelmuseum in Blankenburg i. Thüringen. Schließlich wurde sie
Oberstudiendirektorin in Schneidemühl und Professorin an der neu gegrün-
deten Pädagogischen Akademie in Frankfurt a.M.
1933 wurde ihr aus politischen Gründen im Hochschulbereich die Lehrtätigkeit entzogen; sie wurde an die Goetheschule nach Hildesheim versetzt.
Nach 1945 übernahm sie hier die Ausbildung der Kindergärtnerinnen und
wirkte 1948 mit bei der Neugründung des Pestalozzi-Fröbel-Verbandes in
Göttingen. Sie widmete sich der Erwachsenenbildung und unterrichtete auch
noch privat bis zu ihrem Tode im Alter von 89 Jahren.

Literatur:

Marie-Anne Kuntze: *Friedrich Fröbel, sein Weg und sein Werk.* Heidelberg
1952; dies.: *Ich will Lehrerin werden. Erinnerung und Dank.* In: Kindergarten, 1953, S. 62 ff.

Über M.-A. Kuntze:
Schmid, E.A.: *Marie-Anne Kuntze zum 70. Geburtstag.* In Kindergarten,
1953, S. 51; Besser, Luise: *Marie-Anne Kuntze achtzig Jahre.* In: Blätter
des PFV, 1961, S. 85; Besser, Luise: *Nachruf auf Prof. Dr. Marie-Anne
Kuntze.* In Blätter des PFV, 1971, S. 63.
(Die Gedichte von M.-A.K. dieser Anthologie befanden sich sämtlich als
Manuskript (geheftet) unter den von Luise Besse hinterlassenen Akten.)

Conradine Lück

Geboren 5.6.1885 (Berlin), gestorben 24.8.1959 (Berlin)

C.L. ist in Berlin-Steglitz aufgewachsen, wo ihr Vater Direktor des Humanistischen Gymnasiums war. Nach Besuch der Höheren Mädchenschule wurde sie Lehrerin für mittlere und höhere Schulen. Nach längerem Aufenthalt in England wirkte sie an Steglitzer Höheren Mädchenschulen. Mit 40 Jahren legte sie das humanistische Abitur ab und widmete sich ganz den Wissenschaften. Ihre nahe Freundschaft mit der Dichterin und Psychiaterin Lou Andreas-Salome, der Freundin Nietsches und Rilkes, bereicherte und vertiefte ihr psychologisches Verständnis und öffnete ihr den Blick für tiefenpsychologische Zusammenhänge.

1929 kam C.L. nach Hamburg zum Studium der Sprachphilosophie und Psychologie bei Prof. Cassirer, wo sie sich habilitierte. Sie erhielt einen Lehrauftrag am Hamburger Fröbelseminar und wurde 1930 dessen Direktorin. 1933 wurde sie aus politischen Gründen gezwungen, von der Leitung zurückzutreten. Unter dem Druck dieser Demütigung trat sie freiwillig aus dem Schuldienst aus und widmete sich dem Studium der russischen, englischen, französischen und schwedischen Sprache.

1945 wurde sie wieder mit der Leitung des Hamburger Fröbelseminars betraut und erwarb sich sowohl fachlich wie auch berufspolitisch-gewerkschaftlich hohes Ansehen. Sie betrieb - zusammen mit Herman Nohl und Luise Besser - 1948 die Neugründung des Pestalozzi-Fröbel-Verbandes. Die Folgen eines schweren Unfalles zwangen sie im gleichen Jahr, die Berufsarbeit aufzugeben. Einige der hier veröffentlichten Gedichte wurden entnommen aus „Kindergarten", Jg. 1929 u. „Blätter des PFV", Jahrgänge 1956, 1959.

Literatur:

Lück, C.: *Friedrich Fröbel und die Muhme Schmidt*. Leipzig 1929.
dies.: *Die Bedeutung des Sinnlichen für die Entwicklung des Menschen*. In:

Über C.L.: Strnad, E.: *Conradine Lück und ihr Beitrag zur Mädchen- und Frauenbildung*. In: Mädchenbildung u. Frauenschaffen, 1960.
Berger, Manfred: *Frauen in der Geschichte des Kindergartens; hier: Conradine Lück, S. 117 ff. -*

Andreas Mehringer

Geboren 10.3.1911 (Bernloh, Krs. Miesbach/Obb.)

Nach Schulbesuch und Abitur (1929) sowie Lehrerbildungsanstalt in München Pasing (1931/32) war A.M. Aushilfslehrer an Vorstadtschulen. Er studierte ab 1933/34 in München Pädagogik (u.a. bei Aloys Fischer), Philosopie und Literaturgeschichte, promovierte 1936 zum Dr. phil. und bekam nach dem Staatsexamen für den Volksschuldienst 1937 seine erste Anstellung als promovierter Junglehrer in Neuötting.
Nach dem Militärdienst, u.a. als Luftwaffenpsychologe, kam er 1943/44 in den Volksschuldienst zurück und unterrichtete an der Heimschule einer Fürsorgeerziehungsanstalt (mit 200 Zöglingen). Er wandte sich energisch gegen die mittelalterliche Härte in diesen Einrichtungen. 1945 erhielt er die Leitung des Städt. Waisenhauses München und bewirkte einen nach 1950 erfolgenden Neubau dieser Einrichtung. Er wurde bekannt als leidenschaftlicher Reformer der Heimerziehung und - 1949 - als Mitbegründer und Schriftleiter der Fachzeitschrift „Unsere Jugend". 1978 wurde ihm von der Deutschen Korczak-Gesellschaft der erste Janusz-Korczak-Preis verliehen. A.M. erwarb hohes Ansehen, u.a. wegen seiner Fähigkeit, pädagogische Zusammenhänge erzählend zu referieren.

Literatur:

- *Zur Situation der Heime für familienlose Kinder*. In: Neue Sammlung H. 1/1962 - *Feinde einer guten Heimerziehung*. In Neue Sammlung, H. 5/1967 - *Soziale Pädagogik in der Schule. Eine Beschreibung*. In: Unsere Jugend, H. 7/1973 - *Menschliche Werte und Erzieherausbildung*. In Unsere Jugend, H. 12/1973 - *Wo bleibt der pädagogische Umweltschutz für kleine Kinder?* In: Unsere Jugend, H. 10/1977
- *Niemandskinder. Erfahrungen eines Heimleiters*. In: Verlorene Kinder? Massenpflege in Säuglingsheimen. München 1972
- *Eine kleine Heilpädagogik*. München 1979.
- *Heimkinder. Gesammelte Aufsätze zur Geschichte und zur Gegenwart der Heimerziehung*. München 1978
-Pongratz, Ludwig J.: *Pädagogik in Selbstdarstellungen*. Bd. IV; hier: *Andreas Mehringer, S. 115 ff.*

Carl Mennicke

geboren 5.9.1887 (Elberfeld), gestorben 15.11.1959 (Frankfurt a.M.)

C.M. ging nach der Volksschule den mühsamen Weg des Autodidakten und bestand mit 22 Jahren das Abitur. Studium ab 1909 in Bonn, Halle/Saale, Utrecht und Berlin: Philosophie, Theologie, Soziologie. 1915 wurde er als Sanitäter zum Kriegsdienst einberufen, 1917 freigestellt als Pfarrer einer Bergarbeitersiedlung am Niederrhein. 1918 Mitarbeit in der Sozialen Arbeitsgemeinschaft Berlin-Ost bei Friedrich Siegmund-Schultze. C.M. heiratete 1919, 1922 wurde Sohn Karl Wolfgang geboren. Weitere Stationen: 1920 Dozent an der Deutschen Hochschule für Politik, dort 1922/23 Gründer und Direktor des Seminars für Jugendwohlfahrt, woraus sich 1925 die Berliner Wohlfahrtsschule entwickelte. 1930 Berufung an die Universität Frankfurt a.M. Zusammen mit Paul Tillich übernahm er die Leitung des Pädagogischen Seminars, 1931 Promotion zum Dr. phil. und o. Professor am Staatl. Berufspädagogischen Institut.
1933 wurde dem Sozialisten C.M. die Lehrbefähigung entzogen. Er emigrierte nach Holland, war Privatdozent an der Universität Amsterdam und Direktor der Internationalen Schule für Philosophie in Amersfoort. Dort fiel der 1941 in die Hände der Gestapo und kam in das Konzentrationslager Oranienburg-Sachsenhausen. Mennickes Sohn, Karl Wolfgang, inzwischen Soldat und leicht verwundet (gefallen 1944), erreichte nach unsäglichem Bemühen die Freilassung seines Vaters, der nunmehr Zwangsarbeit in einem Aluminiumwerk zu leisten hatte.
Nach Kriegsende erhielt C.M. seine Hochschulämter in Frankfurt a.M. zurück und beteiligte sich an dem Wiederaufbau der Sozialarbeit in der Bundesrepublik.

Literatur:

Reinicke, Peter: *Das Seminar für Jugendwohlfahrt an der Hochschule für Politik. Carl Mennicke zum 100. Geburtstag*. In: Soziale Arbeit, H. 10/1987, S. 381 ff.

Feidel-Merz, Hildegard: *Carl Mennicke: Zeitgeschehen im Spiegel persönlichen Schicksals*. Ein Lebensbericht. Weinheim 1995.
Daraus wurden für diese Anthologie die Gedichte folgender Seiten entnommen: 177-179, 212-213, 220-221, 255-257, 282, 295-296 (siehe Danksagung S. 7).

Norbert Mieck

geboren 29.02.1936 (Köslin/Pommern)

Nach Flucht aus Pommern 1945, vorübergehendem Aufenthalt in Gelting, Krs. Flensburg, erfolgte 1947 Umsiedlung nach Castrop-Rauxel. N.M. lebt seit 1953 mit seiner Familie in Hamburg bzw. in Glinde bei Hamburg. Nach seiner diakonischen und sozialpädagogischen Ausbildung an der Diakonenanstalt des Rauhen Hauses war er zunächst in verschiedenen Bereichen der Sozialarbeit tätig: u.a. in der Suchttherapie, Bewährungshilfe, als Referent und später Abteilungsleiter der „Sozialtherapeutischen Dienste" in der Arbeits- und Sozialbehörde der Freien und Hansestadt Hamburg.

N.M. hatte in den Jahren 1971-1980 einen Lehrauftrag am Sozialpädagogischen Institut Hamburg und wurde im Zuge der Reform zur Fachhochschule Hamburg, Fachbereich Sozialpädagogik, im Jahr 1981 Professsor für die Lehrgebiete Methoden der Sozialarbeit sowie Suchtentstehung und -therapie und befindet sich seit 1.3.2001 im Ruhestand.

N.M. ist mit Unterbrechungen seit früher Jugend literarisch tätig, schreibt vor allem Lyrik, aber auch Prosa.

Literatur:

Der Stier. Nordwestdeutscher Rundfunk, 1960
Jugend in Selbstzeugnissen. Baden-Baden 1960
Im Fallwind des Nordens (Gedichte), Aachen 1994
Gegenlicht (Gedichte), Selm 1996.
Weitere Veröffentlichungen von Gedichten in Anthologien u. Literaturzeitschriften (siehe Danksagung Seite 7).

Elfriede Strnad

geboren 8.2.1890 (Augsburg), gestorben 4.9.1960 (Klosterneuburg b. Wien)

Mit ihren Eltern kam E.S. 1896 von Augsburg nach Berlin. Dort besuchte sie eine Privatschule und anschließend eine Höhere Mädchenschule und die Höhere Handelsschule des Lettehauses, eine Ausbildungsstätte zur Aus- und Weiterbildung für weibliche Berufe. Sie absolvierte anschließend eine weiterführende Ausbildung zur Wohlfahrtspflegerin an der Berliner Sozialen Frauenschule, damals geleitet von Alice Salomon. Aufgrund ihrer herausragenden Leistungen erhielt sie einen Lehrauftrag am Pestalozzi-Fröbel-Haus I, das von Lili Droescher geleitet wurde. 1915 übernahm sie die Leitung der Auskunftsstelle für Kleinkinderfürsorge am Berliner „Zentralinstitut für Erziehung und Unterricht". Von dort gelangte sie 1924 nach Hamburg und wurde Lehrerin am Fröbelseminar. Zugleich übernahm sie die Schriftleitung der Fachzeitschrift „Kindergarten", einem Organ des Deutschen Fröbel-Verbandes. Nach 1945 erhielt sie vorübergehend die kommissarische Leitung des Fröbelseminars, dem sie bis zu ihrem Abschied in den Ruhestand 1950 angehörte. E.S. hatte lehrend und schreibend wesentlichen Anteil an der Wiederbelebung Fröbelscher Ideen. Ihr hier wiedergegebenes Gedicht „Wandel" wurde entnommen aus "Blätter des PFV",, Jg. 1960, S. 166.)

Literatur:

- *Fröbels Theorie des Spiels.* In: Kindergarten 3/1937, S. 50 ff.
- *Johann Heinrich Pestalozzi.* Wedel i. Holst. 1946.
- *Hamburgs pädagogisches Leben in seiner Bedeutung zu Friedrich Fröbel.* Hamburg 1951.
- *Die Bildungsaufgabe auf den verchiedenen Entwicklungsstufen des Kindesalters in der Pädagogik Fröbels.* In: Die Mädchenbildung, 1952.
- *Von den Anfängen sozialpädagogischer Frauenberufsarbeit.* In: Blätter des PFV, 1960, S. 89 ff.
Über E.S.:
- Muchow, Hans-Heinrich: *Gedenkrede für Elfriede Strnad.* Hamburg 1960.
- Berger, Manfred: *Frauen in der Geschichte des Kindergartens.* Frankfurt a.M. 1995; hier: *Elfriede Strnad,* S. 179 ff.

Walter Thorun
geboren 11.12.1921 (Dortmund)

W.T. wurde nach der Volksschule (1928-1936) zunächst Dreherlehrling (1936/37) und - nach schwerem Arbeitsunfall - Industriekaufmannslehrling (1938-1941). Nach Ausbildungsabschluß und kaufmännischer Praxis bei der Dortmunder Hüttenunion AG (Verkauf Schmiedestücke) entschied er sich für die sozialpädagogische Laufbahn: Er übernahm die Leitung eines Jugenderholungsheimes für Industrielehrlinge im Lippischen bei Lemgo (1941-43) und absolvierte anschließend eine Ausbildung zum Sozialerzieher und nach 1945 zum Sozialarbeiter (Staatl. Anerkennung 1950). Berufliche Stationen: 1946/47 Arbeiter in Dortmund, 1947/48 Jugendpfleger in Kassel, Sekretär der Mittelstelle des Deutschen Jugendringes, Mitarbeit im Kurhessischen Jugendring - 1948-1951 Pädagogische Arbeitsstelle, Leiter des Pädagogischen Archivs, beim Hessischen Kultusministerium in Wiesbaden. 1951-1954 Deutsches Jugendarchiv München e.V. (vorübergehend Sonderauftrag beim Bundesministerium des Innern, Bonn) 1954-1982 Jugendbehörde der Freien und Hansestadt Hamburg: Persönlicher Referent des Jugend- und Sozialsenators, Leiter der Aus- und Fortbildung, Referent für Öffentlichkeitsarbeit und Pressesprecher der Jugendbehörde Hamburg. Ruhestand seit 1982.

Literatur

- *Eine Stunde vor Nacht.* Novelle. In: „ *Sonne stehe still* " (13 Geschichten), Bethel b. Bielefeld, S. 69-72
- *Öffentlichkeitsarbeit in der Jugend- und Sozialhilfe.* Ein Grundriß für Ausbildung und Praxis. Berlin 1970.
- *Geschichte der Jugendhilfe in Hamburg.* Eine Chronologie seit dem 16. Jahrhundert. Selbstverlag 1988.
- *Öffentliche Jugendhilfe in Hamburg. Vier Jahrzehnte aufbau und Entwicklung nach 1945.* Hamburg 1993.
- *Luise Besser - Aus ihren Briefen und Bekenntnissen ...* Hamburg 1994.
- *Kindheit und Jugend zwischen Kohle und Stahl.* Erinnerungen u. Reflexionen eines Zeitzeugen ... Bochum 1996.
- *Fröbelbewegung in Hamburg.* Hamburg 1997.
- *Reformprojekt Soziale Arbeit. 75 Jahre Gilde Soziale Arbeit.* Münster i.Westf. 2000.

Emmy Wolff

geboren 25.12.1890 (Bernburg/Sachsen-Anhalt), gestorben 9.9.1969 Haselmere/Surrey i. England)

E.W. besuchte bis zum 14. Lebensjahr die Höhere Töchterschule und anschl. ein Mädchenpensionat. Der Vater war Bankier, die Mutter wirkte ehrenamtlich in der jüdischen Gemeinde. E.W. studierte 1915-1918 Sozial- und Rechtswissenschaften an der Hochschule für Frauen in Leipzig. Während des Ersten Weltkriegs leitete sie eine Bibliothek und arbeitete als Prokuristin in der Bank ihres Vaters. 1922 weiteres Studium in München und Frankfurt a.M., Diplom für Sozial- und Verwaltungsbeamte; 1924 Promotion zum Dr. rer.pol; 1925 war sie Assistentin im Sekretariat von Gertrud Bäumer, unterstützte Theodor Heuss bei der Herausgabe der liberaldemokratischen Zeitschrift „Die Hilfe" und wirkte 1927-1931 als Geschäftsführerin des Bundes Deutscher Frauenvereine. E.W. hatte daneben einen Lehrauftrag im Verein Jugendheim, Berlin-Charlottenburg (Ausbildung der Jugendleiterinnen). E.W. emigrierte 1935 nach England und wirkte als Lehrerin für deutsche Sprache und Literatur an der Stoatley Rough School in Haselmere. Nach 1945 unternahm sie mehrere Besuche in der Bundesrepublik Deutschland, u.a. bei Emmy Beckmann, Gertrud Bäumer, Theodor Heuss.
Die Gedichte von Emmy Wolff verdanken wir der freundlich-vermittelnden Hilfe durch Frau Prof. Dr. Monika Simmel-Joachim (Wiesbaden), die uns die Zeitschrift „Die Hilfe", Nr. 23/1924 und die Schrift „Dritte Generation" - für Gertrud Bäumer, bei F.U. Herbig, Berlin, Sept. 1923) zur Verfügung stellte.

Literatur:

- *Die sozialen Jugendgemeinschaften, ihr Werden und ihr Ziel.* In: Die Frau, H. 3, S.65 ff.
- *Frauengenerationen in Bildern.* Berlin 1928.
Über E.W.:
Berger, Manfred: *Führende Frauen in sozialer Verantwortung: Emmy Wolff.* In: Christ und Bildung, H. 7/8, S. 229.
- Schick, Renate: *Emmy Wolff: Jüdin, Sozialarbeiterin, Lyrikerin, Emigrantin.* München (unveröffentlichte Diplomarbeit a.d.Universität München).
- Berger, Manfred über Emmy Wolff, in: *Who is who der Sozialen Arbeit,* Freiburg 1998, S. 637-638.

Elisabeth Zorell

geboren 1.3.1896 (München), gestorben 20.4.1993 (Regensburg)

Nach Abschluß der Volksschule erhielt E.Z. nach autodidaktischer Vorbereitung die Möglichkeit, das Kreislehrerinnenseminar in München zu besuchen. 1915 legte sie das Examen ab und unterrichtete als Aushilfslehrerin in Bad Tölz und München. Sie holte später als Externe das Abitur nach und studierte Deutsch, Geschichte, Geographie und Pädagogik an der Universität München. 1927 heiratete sie und zog mit ihrem Mann nach Hamburg. Hier studierte sie bei William Stern und Martha Muchow. Durch letztere wurde sie an die Kindergartenpädagogik Fröbels herangeführt. 1933 wurde E.Z. vorübergehend von der Gestapo inhaftiert. Sie gelangte auf Umwegen wieder nach München, kam wieder in den Schuldienst, zunächst als Volksschullehrerin, dann 1938 als Dozentin für Pädagogik an das Kindergärtnerinnen-, Jugendleiterinnen- und Werklehrerinnenseminar München. Von 1945 bis zu ihrem Ruhestand 1961 hatte sie die Leitung dieser Ausbildungsstätte; zwischendurch promovierte sie bei Philipp Lersch zum Dr. phil.

Literatur:

- *Der Schulkindergarten.* In: Brehm, K. (Hrsg.): Pädagogische Psychologie der Bildungsinstitutionen, Bd. II, München 1968.
- *Erziehungskunde.* Bad Heilbrunn 1971.
Vorschulerziehung im Kindergarten. In: Blätter des PFV 1973.
Über E.Z.:
- Berger, Manfred: *Frauen in der Geschichte des Kindergartens.* Frankfurt a.M. 1995; hier: *Elisabeth Zorell, S. 200-204.*
- Thorun, Walter: *Elisabeth Zorell - 90 Jahre.* In: Blätter des PFV 2/1986, S. 60.

Das in diese Anthologie mit aufgenommene Gedicht „Abschied und Wandlung" erhielt der Herausgeber von E. Zorell kurz vor ihrem Tode nach längerem freundschaftlichem Briefwechsel.